半山文集
心的回响

半山·著

民主与建设出版社
·北京·

图书在版编目 (CIP) 数据

半山文集 : 心的回响 / 半山著 . -- 北京 : 民主与建设出版社 , 2021.7

ISBN 978-7-5139-3650-7

Ⅰ . ①半… Ⅱ . ①半… Ⅲ . ①散文集 – 中国 – 当代 Ⅳ . ① I267

中国版本图书馆 CIP 数据核字 (2021) 第 143111 号

半山文集：心的回响

BANSHAN WENJI XIN DE HUIXIANG

著　　者　半　山
责任编辑　郭丽芳　周　艺
封面设计　子鹏语衣
出版发行　民主与建设出版社有限责任公司
电　　话　(010) 59417747　59419778
社　　址　北京市海淀区西三环中路 10 号望海楼 E 座 7 层
邮　　编　100142
印　　刷　三河市龙大印装有限公司
版　　次　2021 年 9 月第 1 版
印　　次　2021 年 9 月第 1 次印刷
开　　本　880 毫米 ×1280 毫米　1/32
印　　张　9
字　　数　164 千字
书　　号　ISBN 978-7-5139-3650-7
定　　价　59.80 元

前言

关于读书，我将近年来的一些感悟整理出来，写在下面。

1. 读书，要多读那些能从漫长岁月中流传下来的书，少读一些只能流行于现在的书，要多读那种合上书本，就觉得自己已有所更新的书。

2. 读书的意义，在于让一些不清不楚的感受，变得越来越清晰，知道这些感受从何而来，要去哪儿。读书和写作一样，就是想知道自己为什么而活着。

3. 书是无用的，有用的是阅读，阅读不是读书，而是读自己，书只是人们读自己的媒介物。经常阅读自己的人，必有大用。

4. 读书时，或许可以找个没人的地方，读到深情处、产生了共鸣，就不用再掩饰，尽情地大笑、流泪、发呆、自言自语，像个疯子。这样，书把真情全给了你，你也把真情全给了书。

5. 文学的真正意义，是协助一个阅读者对自己的人生做出诠释，并不断地修改和完善这些诠释。

6. 阅读，最美妙的体验更多地发生在重读，人可以通过重读一本经典，把发生在自己身上的故事读出来；把时间的刻度读出来；把自己一丝一毫的成长，都读出来；把错过的人和风景，重新唤回到自己身旁来……

7. 对阅读者才能去讲阅读的意义，才能丰富阅读的意义。对于不阅读的人，阅读也确实没有意义。其实，这世上的任何能称得上“意义”的事物，只是给少数人准备的礼物，并且往往是自己给自己的礼物。

8. 阅读，读的只不过是自己的经历，有怎样的经历，才有怎样的共鸣。重读一本几年前读过的书，读出来的新意就像是在检索人生经历带给自己的改变，仿佛是在确认自己，还属于自己。

9. 世界是自取其意义的世界，阅读是自取其意义的阅读，人生是自取其意义的人生。

10. 文学与阅读者之间产生的共鸣，其实是某种偏好的共鸣，某种思维方式上的共鸣，某种相似经历上的共鸣。一段文字若是与很多年轻人产生了共鸣，就有可能给阅读的中年人带来反感，因为年轻人与中年人在多数观念上是反的；若是与很多老年人产生了共鸣，年轻人读起来就可能毫无感受，甚至会觉得文字里的人间沧桑和苦难，是种矫情。

所以呢，年轻人喜欢读现在还活着的人写的书，读当今名人明星们写的书，像我这样的老人，爱读已经死去的人写的书。

11. 书籍是人类各种存在感的主要载体，阅读的过程，是阅读者把自己的人生经历，与书籍上所描述的存在感进行对照、深入、共鸣、得到启迪和逐渐丰富内心语言的过程。不喜欢阅读的人，自身的语言是单调的，存在感是乏味的，生活的意义很难被赋予。

12. 人生，是用内在语言对自己进行阅读的过程，是以不断丰富的语言，对昨天的匮乏，进行重复阅读的过程，是以今天的语言，战胜昨天的语言。

13. 人自身得养成一个能不断带给自己新鲜感受的习惯，才能去克服生活中因为重复而带来的乏味感。

阅读和写作，正是这样的习惯。

14. 阅读文字而产出的评论，其实都是自己与自己内心的对白，文字不过是触动这种对白的媒介。与其说是在评论别人的文字，不如说是在评价自己。

15. 阅读和写作皆是人生经历的一种延伸，随着人生经历的增长，又使阅读和写作得以延伸。

16. 文字是黑白色的，阅读者让它们变得斑斓。

17. 文学艺术是人类对自身各种存在感的描述，阅读则是人从这些已有的描述之中，去唤醒、认知、加深、拓宽、创造自身存在感的过程。

18. 阅读一旦成为习惯，就是一种形式虽然重复，但内容绝不会重复的习惯。以此，人才能通过阅读新鲜内容，去遇见新的自己。人要让自己至少拥有一种这样的生活习惯，在重复的习惯里遇见不同的美好，让自己在日常生活的琐碎里，保持着每天都有所更新，这正是阅读最朴素的意义。

19. 阅读是一种旅行，也算是一种流浪，人在文字中出走或是航行，遇见点什么，纠缠点什么，生出点什么，告别点什么……

20. 从你把阅读变成自己的人生习惯开始，阅读就在改变着你的人生。你会遇见很多喜欢的书，喜欢的作者，也许还会遇见一本书很彻底地改变了自己的感觉，这些都是表象，都是果子，真正改变自己的还是自己，起决定作用的是你的习惯，是你在形成习惯之前的坚持。

21. 人生若是一趟旅程，阅读，算是其中的一个合格的导游。

22. 如果不想当一个文学评论家，阅读的时候就不要去评判文章的对错好坏，即使是有完全不同的见解，我也最喜欢去想：他/她为什么要这样写呢？试着去理解作者背后的想法，然后就会有所得。好的阅读体验，像是一个不断向自己提出各种问题的过程，向自己提问，是改变陈旧观念最好的方式。

阅读绝不是为了去认知某个作者的世界，而是通过阅读认知自己的世界。其实，任何艺术欣赏皆是如此，不是去认识艺术家是怎样一个人，而是通过与艺术作品的共鸣，去认识自己是怎样一个人。

23. 人对某种感受的认知，便构成人存在的感觉，人把这些感觉以文字的方式记录下来，有同样感受的人阅读之后获得了共鸣，便构成了人类可以传承的文化。

文化的丰富，必须表达为人类存在感的丰富，存在感的丰富，表达为人们生存方式的丰富和生活内容的丰富。

有人愿意给大地织布，有人偏偏要给月亮穿衣，这就是文化。

24. 阅读是一种与作者交流生命存在感的过程，好书和好的阅读，皆指向更有价值、更有意思、更独特和私密的存在感。

人与人之间最能产生共鸣的，其实是生命存在过的各种感觉。你观察一朵荷花，你与它交流的同样是一种活着的感觉。

25. 怎样算是遇见了一本好书？

（1）阅读时，让自己产生要写下点什么读后感的书。

（2）让自己对自己产生了满足感，或是产生了匮乏感的书。

（3）越读越能让自己平静下来的书。

（4）能从文字里读出来“这很像是我……”“我就是

这种人……”的书。

（5） 能让自己感觉到很阳光，或是能帮助自己看见自身阴暗面的书。

（6） 能够让自己感动的书，在感动的那一刻，觉得自己很美好的书。

（7）能消除自己内心冲突，去掉身上戾气的书。

（8）能让自己对某种事物产生浓厚的兴趣的书。

（9）能启迪到自己去接受过去接受不了的事物的书。

（10）越读越沉默的书，能促进自己与自己对话的书。

（11） 能够帮助自己得出某种答案的书。

（12）读后，让自己很愉悦的书。

感谢四川金杯半山集团有限公司和读者隔壁老谭、四月、宁静雪提供的图片。

半山

2021年5月8日

目录

半山 文集

BAN SHAN WEN JI

遇见美好

YU JIAN MEI HAO

最珍贵的，是那种能引着你去发现自己的人和事。

人生最重要的是找到一种能持续遇见更好的自己的方式。

人生最大的希望在于：自己值得自己等待。

秋天，万物皆渐次抵达浓郁，最适合好好爱自己。

一个人让别人舒服的程度，取决于其内心平静的真实程度。

世界上最好的礼物，是奖励给自己一个全新的开始。

挣钱买闲，以闲养魂。

把一颗脆弱的心，先变成耐心，再变成一颗可以接受的心。

2013年，于西昌邛海，半山供

要么更新，要么痛苦。唯有终身学习，才能不断遇见一个更好的自己。

无论这个世界如何沧桑，“美好”仍是拿来理解这个世界最好的方式。

平静就是一个人征服了生活的姿态；平静是另一种热情，自己煨着自己，小火慢炖，自己让自己浓郁。

人生最幸运的事，是在刚刚好的年纪，悟到刚刚能用到的智慧。

智者就是征服了自我，把自己的身心交付给了自然秩序的人，是把自己活成了万物的人。

人生中但凡能称得上享受的事物，皆源自真诚。世上有很多一个人的独自享受，很少有一群人的集体享受。

一整天都是闲暇的时间，却没有一分一秒需要消磨的时间，这符合美好生活另一种角度的描述。

世上只有一种真正的奢侈，就是在自己每天重复的习惯里，不断地遇见美好。

人生最好的境界不在诗中，也不在陌生的远方，在平静下来时，去发现：眼前熟悉的一切皆心之所向。

容不下真实的地方，肯定安放不下人的灵魂。真实，是人唯一的、最终的栖息地。

待得住，静得下来，想要专注就可以立刻专注，这些都算是一个人非常好的品质。

人要成长，都会走一段远离自己的路，然后再重新走一段路去靠近自己，不管是远离或是靠近，我们一直在前行。

知道自己接下来的人生将以什么样的方式和内容呈现，并且义无反顾地去拥抱。这样的人，才叫真正的自信。

人生就两件事，一件是拿事儿把时间填满，另一件是拿感觉把心填满。

无论拥有什么，都不如彻彻底底地拥有自己，再彻彻底底地去做一件，可以让自己彻彻底底投入的事情。

若想使生活变得精致，平静下来的生活最精致，平静里有专注，专注里有细节，细节处有丰盛，丰盛处必有所创造。

什么都需要经历，没有经历就没有答案，多数时候，经历就是唯一的答案。

在某个年纪，恰好悟到了这个年纪才有用的道理，这真是种大大的幸运。

不要祈求运气，要信任习惯，养成一个好习惯，就是给自己准备了一箩筐的运气。

人年轻的时候，才会说：“这一生就是为了遇见你。”这其实一点也不浪漫，人要遇见新鲜的自己，才最浪漫。

对现实生活的任何穿越，都可称为旅行。旅行可以穿越的现实，日常生活同样可以。穿越生活不过是穿越自己的内心，生活即旅行。

2020年，七里村森林禅道，金杯半山集团供

人每一天所重复的习惯，如果都是围绕着自己的喜欢而养成的，这可是一种大自在。

清明节，想想一个人能写书还是很幸运的，百年之后，把灰散尽大山里、小溪里，儿孙们若是还能想我，拿出一本书诵读几句，免得堵车。

人要经过懵懂、跟随、麻木、痛苦地反省、快乐地觉悟，最后抵达不思考的境界。过早思考，是为了尽早地去抵达不再思考的境界。都说智者其实并不思考，准确地说，是智者不再以“我”为主体，进行相关的思考。

不要太在乎问题是什么，只要能守住一个答案，一样可以过好一辈子。

不带有情绪的判断，不带有偏见的判断；纯粹的理性判断，纯粹的直觉判断。这些在现实生活和工作之中，都是稀有品。

接受当下，这是人可以获得的最大的自由，你接受得越多，接受得越是完整，你的心灵越是自由。心灵的自由，或是说向这个世界重新打开心灵，是人可以感受到更多美好事物的唯一法则。

美好事物的背后少不了美好的逻辑，能常常感受到美好的人，不过是习惯了使用这样的逻辑罢了。

给自己培养出一个能不断生长出激情的习惯，是极大的幸运，这样的习惯，只能是与艺术有关，与自己和艺术之间的互动成长有关。

自然的情感，真诚的态度，内心质朴、简单、富足。拥有这些特质，有没有才华已经不重要了。

人生最好的药剂，在独处时的平静和心安里。平静和心安是人能拥有的最好的抵抗力和免疫力。

一个人对于美好事物的感知程度，取决于他内心认知的更新速度，心若是旧的，一切皆乏善可陈。长久的美，源于人们对内心永不停歇的探索。

没有单调的生活，只有乏味的心灵。文化和修养的目的，就是帮助一个人内心世界丰盈起来，生命的美好，也因此而得到充分的诠释。

把自己内心整理得精致了真的会遇上好多很精致的东西，人最需要的是迷上自己的生活。

个性和才华能换成钱，钱再换成能滋养个性和才华的生活方式，这样的人生就很高级了。

热情只是被自己感觉到，又以独处的方式把它们用掉，没有需要向外的表露和投射，这仍是一种平静。

人生所有经历最大的妙用，就是帮助你找到一种有意义的事物，再放上一颗无比坚定的心。

时常感受到美好，是一个人心智成熟的重要表现，是人生质量优劣的分水岭。

金钱能让人拥有的自信和从容，一个内心真实的人同样可以做到。有比真实更大的财富吗？

2021年，峨眉山七里村，隔壁老谭摄

人一旦进入自己习惯的节奏，就会放松和平静下来。只有少数人可以将平静和放松直接变成一种行为习惯，从而可以轻松应对所有不习惯的事情。这一点，正是智者与庸人的一个区别。

修养不是给别人看、给别人感受的，是给自己的。就像是修了一间质朴且孤独的小木屋，冷了你要自己生火，炎热时要开窗纳凉。要有新鲜的食物，垃圾要及时清理出去。你知道这间屋子是不完美的，但它一定是舒适、美好的，你尽可能地把自己喜欢的物件搬进来，偶尔许了喜欢的人来做客串门，多数时间，你都该是自己偷着乐自己的……修养，不过是让一颗敏感的心，随时随地都可以：面朝大海，春暖花开。

生活原本就是美好的，当人们都以为美好的生活需要去努力追求和付出才能得到的时候，生活才变得没那么美好。

人生本没有意义，全靠每一个人自己给自己创造意义，最重要的是：人不需要任何人来赞同自己人生的意义。

人生需要在普通和特别这两端游走，既要感到自己只是一个普通人，也要去感受自己的与众不同。忌讳认为自己不正常，把自己归入异类；也不能完全把自己归于常人，而甘于平庸。普通与特别结合，从中找到平衡，这是自我认知中很好的状态。

美的用处首先在于慰藉，其次在于陶冶，最后若是常常与美发生共鸣，便自然上升到修养。

不再有想要改变的过去，也没有想要到达的将来，这样子，现在即使没有什么了不起的风景，也符合一切“美好”的内容与定义。

一个内心美好的人，做着一些美好的事，因为这样的人真实存在，而让更多的人对美好充满了期待。我们应该成为这样的人，至少可以做到不要让别人因为自己的所作所为，而讨厌这个世界。

风吹过的时候，所有的叶子，都彼此让开一步。

认真吃饭，认真睡觉，认真做事，认真爱人。每一次不认真的背后，都会制造出一些粗制滥造的自己，这样的自己攒多了，人生会变得像一个烂苹果一样，连自己也嫌弃。

对待什么事都开始认真了，人生也就能精致下去，也就能保持生活的新鲜。

我们一路走，只为找到更好的自己，虽然路途遥远、曲折，但只要坚持做好自己，我相信有一天，你一定会对自己说：好样的，人间最美是自己。

审视自己的生活，也就可以赤裸裸地看见自己了，洞察生活中任何的不堪，便能找到内在精神上对应的分歧和紊乱，真正的享受生活是从内在的统一和从容开始的，是从一餐一饭一个好觉开始的。

人一旦返璞归真，就会变成一个孩子，既然是孩子，你会发现自己根本不需要承受那么多东西，也承受不了那么多东西。

什么是活在当下，来一次深深的呼吸，立刻带给你片刻的平静，你周围环境里的一切都显现出来了，这就是当下。

人们总想给自己找到一个归宿，其实，不用给自己的灵魂找家，身体需要家，灵魂只是需要家的感觉，天地间万物皆可以给予灵魂家的感觉，只要你一察觉到美好，灵魂即刻回家。

真正有意义的人生目标只有一个，就是，让自己每天都知道自己在做什么。

所谓有趣的灵魂，不在于你有多高大上的思想，而在于你对于美好的事物拥有多敏锐的知觉。有趣就是心生美好！

简单可以从内心先开始，也可以从外部环境先开始，但不管从哪儿先开始，都需要心内的简单不与内心的复杂相冲突，外部环境的简单也不与内心的复杂相冲突。简单可以理解成内心的和谐。

学会了加法，自然懂减法；学会乘法，慢慢会懂除法。减去一个今天，就多了一个昨天，少了一个明天。加减乘除就是简单人生。

喧嚣本质上就是匮乏，平静本质上就是丰富。

2020年，七里村森林禅道，金杯半山集团供

人改变不了别人，只能不断地改善自己，正人先正己，正了己也无任何权利去要求别人。要尊重别人成为各种各样的人的权利，尊重狼也尊重羊。最值得尊重的不过是这个世界本来的面目，这是最起码的智慧。

现在的我，醒着时就跟睡着时一样，安静，放松，每一个毛细血管都是开放的，敞开着所有的感受，不抗拒环境的任何给予，不给心附加任何东西，梦和思考想来就来，想走也不留……哈哈，也不知道怎么突然捕捉到这种神仙感觉。原来人最好的感觉，竟是醒着睡觉的感觉。

真正的审美情趣，是建立在一定沧桑人生的悲剧情结之上的，越对人生的悲剧性有深刻的认知，越对美拥有敏感而厚重的追求。人要以深情去凝望白发和皱纹。

每一个新年都是礼物，并且肯定是不一样的礼物，在接下来的日子里，你一定要认认真真地去拆开……

人与自己冲突一次，就在心里打上一个结，每个人都在自己内心深处不断地打上各种结。所谓悟，就是解开一个结；所谓大彻大悟，就是把所有的心结全部解开。

最能慰藉心灵的事物，是不计投入和产出的事物，从纯粹地喜欢做某件事情上，绝对能够找到。往往这样的事情可以安静祥和、不慌不忙地做。

抑郁是完全失去人生各种兴趣，兴趣的失去便意味着一个人创造力的失去，对抗抑郁的方法就是保持某种兴趣，并把兴趣扩大，变得有趣。

真正富有的人，就是对自己满意度很高的人；真正贫穷的人，就是失去了对自己满意度的人，否定了自我的人。

如果真的有什么时光机，对于我也没任何意义，我不再有想要改变的过去，也没有想要去往的将来，我就喜欢现在，生活按部就班，勤勤恳恳，实实在在。

人只要愿意，其实每天都可以想出一点方法，遇见一点与昨天不一样的自己，好让自己新鲜又有活力地存在于这个世上。

大自然纯粹的风景，总是能让人平静。看的时候平静，看过之后仍然是平静，即使在看的过程中有热泪盈眶，不过是一种花开的声音。

一个人若是足以养活自己，就该挪出时间，找点美好的事情做做，让自己的生命更美好一些，进一步可让这个世界更美好一些。

新的环境，新的工作，新的一年未必可以更新一个人，未必可以改变厌倦，而一个人只需要更新几个观念，便立即可以更新一个世界。

美好的时光总是有这样那样的轮廓，这些轮廓往往从古老的故事里来，从文学、电影等等艺术作品中来，我们无法自己创造出这些轮廓，只能拿自己的故事去充填。

人要有信的东西，才会宽容，无论你信的是什么，包括你坚信金钱才是一切，于是你会看在钱的分上，也学会宽容。信是美好生命的基石，在这块基石上才能长出永恒的东西。

欲望若是能安放在一件不断变化、不断更新、不停地创造的事物上，心也就安了，这样的事物唯有艺术吧。

美和艺术像一道连接生活与生命的桥，你可以上桥，也可以来回过桥，但是无法居住在桥上。

成年人要尽量去重拾感动，无论是自我感动还是被这个世界感动，感动一次便涤荡一次，人生的目的不是要活得坚强，是要活出生命的柔韧。多来一点感动，少来一点心动。

美好事物的背后往往有着美的逻辑，能常常感受到美好的人，往往内心也存有同样的逻辑。

有那么一天，人会平静下来，过往和现在以及将来，都可以得到全新的诠释，这就是丰富……

什么是纯粹？人心里想的、要的，嘴上说的，脸上挂的，行为所做的，统统是一种模样，这就是纯粹。

平静是人对环境和自己所能抵达的最信任的状态，完全的信任，恰恰是人们最不容易达到的人生境界。

你要觉得自己像是一个孩子，那么最好去找另一半的成熟；你要觉得自己成熟，那么最好去找另一半的孩子气质。这不是最好的答案，最好的是，你既可以是一个孩子，同时又充满了智慧。

不能被人私有的东西，最能获得永恒的爱，也最值得人们去爱。

若是一件事物对自己很有吸引力，又与欲望扯不上任何关系，这最符合“美好”的真正定义。

真诚，让正在做的事干净和纯粹。真诚，就是发自内心地对自己说出了很多的“谢谢！”，每一声都带来一次极致的绽放。

我喜欢那种透过感官把自己与这座山连接在一起的感觉，眼睛所看到的，耳朵所听到的，双手所触碰到的；肌肤有柔风的轻抚，鼻息里有森林的味道……在这样的时刻，一个人的时候，我觉得自己已化作山的一部分，或者就是这座大山。

做自己，再把这个内核放入一件适合自己的、具体的事情里面，拿余生一直做下去。记住，是让这件事成就一个人，而非让人去成就这件事，没有人可以替代，永远没有所谓成功的回报，成就自己就是最大的回报，这才真正叫自己的事业。

教养是人外在的那个自己，
修养是人内在的那个自己。
以教养待人，
以修养待己。

迷茫的人，若是再加上一身的戾气，就会成为这个社会中极其危险的人，所有于言行走极端的人，皆是迷茫和戾气的叠加。

在没有人生方向的时候，至少让自己的内心保有一个美好的世界，这可以确保自己不会伤害自己，也不会去伤害别人。

自己与自己和解，其实就是我们通常所说的释怀，释怀的真正意义，就是发现了一个新的自己，或是出现了一个优于自己的自己，让纷乱不堪、找不到方向感的自己，得到了某种程度的统一，于是，等到了自己对自己的理解和原谅。

生命的意义是什么？不断提升对于自我的认同，直到有一天，突然发现自己已经不再需要这种自我认同，或是已经彻底超越了这种自我认同。

健康才是人一生的主旋律，包括心灵的健康和身体的健康，快乐是心灵上的健康。

越看不见自己的人，越寄希望于被别人发现。每个人都只能在看见自己的同时，才可以真正去发现别人。我们把遗失的美好称为相认，但凡相认，一定有彼此会心的微笑，有热泪盈眶的拥抱。

生命可能没有绝对的真相，真诚，可能是人间唯一绝对的真相。

没有觉醒之前的人生经历，不过是常常觉得自己只是在美好的事物面前经过的人生经历。觉醒之后的生命，自己本身就是美好，于是从自己身边经过的一切都变成了美好。

每个人都还藏着一个干干净净的自己，遇见了便会落泪。

把不断更新的自己，当作是送给自己最好的礼物。其实这对于其他人来说，一个既新鲜又充满了活力的自己，同样是礼物。

年轻的时候，想去的地方都很远，想要的东西都很贵，想做的事都很大，想撩的人都很拽。等到人老了，才发现想去的地方其实都很近，真正想要的东西都很便宜，想要做的全是一些平常事，喜欢的人都很谦卑。

2021年，峨眉山七里村，金杯半山集团供

做任何能滋养自己内心的事情，皆可以称为“闲暇”。做任何事，都可以转化为闲暇。

等待

等雨停，等九月死去，等桂花苏醒，等下一个谎言。

等宁静里的热闹，等禁锢中的旅行，等拥抱后的距离，等愚昧到最后的思想。

等一句话一段文字，一个人微博的更新，一本书一首歌曲，一部电影一场游戏。

等一个意外惊喜的剧情，等一条粉红碎花的吊带裙。

等粗糙，等细腻，等忘川，等抚平。

还有没有可以等待的，喔喔，等待一整个冬天的回忆。

半山 文集 BAN SHAN WEN JI

关 系

GUAN XI

远方存在的意义，是为了提醒人与内心之间还存在一定的距离，想去远方的人，其实都是为了更靠近自己的心。

在这个时代，还能够经常赞美和欣赏的人，一定是最具备内心安全感的人。水深火热的人，正在忙于各种指尖上的批判。

怎么安慰一个人呢？从自己被朋友安慰的经历来看：陪伴，适当的照顾，再加上沉默，其实什么都不必说。

人要从童年、少年、青年、中年、壮年、一直活到老年，体验每一段不同的生命旅程，让每段生命都充满惊喜。最要紧的是，不要等到临死前才原谅自己，才原谅别人。

反复无常的不是情感，是一颗正在打算盘的得失心。

人的日常生活是怎样的，人的品性、道德、教养、修养、情怀、梦想就是怎样的。人们只是喜欢离开自己的日常生活，去谈论诗与远方的高大上。

人与人交往，重要的不是互相理解，而是在不理解的地方去发现彼此的尊重。

人会被周围的人激发出一些莫名其妙的追求，多数人都做着从二手市场拿回来的梦。

教育的目的，是为了帮助一个人步入自我教育。教育是长大，自我教育才是真正的成长。

所有的遗憾其实只有一个原因：当时还不够真诚。

人生最大的自由，在于每个人都可以自由地去看待自己，自由地去看待这个世界。

当然，一个人也可以放弃自己的这种自由，别人怎么看待自己，自己就怎么看待自己；别人怎么看待这个世界，自己就跟随着别人怎么看待世界。看法既是一个人的自由，反过来也是一个人人生的限制。每个人都只能活在对自己、对世界的看法里面。正是因为这样，这个世界才会存在着另一个完全不一样的自己。不信，你可以改变一下对自己、对世界的看法，去试一试。

2021年，于峨眉山溪谷，半山供

我总以为，这个世界可以给予我点什么，后来发现它根本给不了我什么。

我总以为，自己可以给予世界点什么，后来发现自己什么都拿不出手。

于是，我与世界，都放下了给予和索求。彼此抱紧，彼此轻松。

沉默是因为不需要向外表达语言，而不是把沉默当作是向外表达的语言。

不要大声地讲自己的喜好；不要向外显示自己的品位；不要与人谈论自己的修养；私人的事情从来不需要别人来肯定或是否定。人自己是会变的，要拿好多次的尴尬，才能换来一次沉默。

命运真正眷顾的，不是那些不犯错的人，而是那些从错误中领悟到智慧的人。

重要的不是理解，是在不理解的地方去发现尊重，人与人之间，理解为虚，尊重比理解实在多了。

人与人之间，只能互为人生中的碎片。完整，是一个人给自己的礼物。

个性是留给自己的，不是拿来对待别人的。

对于人性，多做理解，少做判断，更不要去看高或是贬低。

人一旦可以看清楚自己，恐怕没有勇气再去评价任何人。

能与过去和解最好的一句话是：接下来该怎么办。

每个人都是向外去照顾别人一圈之后，才发现自己才是最需要照顾的。

人要去发现自己真正想要的是什么之后，才能知道别人想要的究竟是什么，每个人最想要的是一个更完整、更优秀的自己，领悟到这一点的人才能照顾好自己，也才懂了怎样去照顾好别人。

人对一件事物反面的理解程度，就是人对该事物认识到的深度。心没有碎过，人就不可能知道心完整的时候是什么样子。

怀旧的惊喜，是在怀旧的过程中生出新鲜感，这仍是一种尝新。

对别人有所求就是给自己挖陷阱，求得越多，得到的越多，陷得越深，直到完全埋了自己。

事实上，人要给自己单独设计一个怎样的未来，实现的可能性是很大的。人要给自己和别人在一起，设计一个怎样的共同的未来，几乎都难以实现。现实生活中的失望，很多都来源于此。

人总是以为自己和这个世界，就是这样子了。却不知，这世上没有任何一件事物，真的会像是自己自以为的：就是这样了！

人以为的自己，可能是真实自己的百分之一。让自己再浪漫一点，让自己的可能性再多那么一点，哪怕只是多那么一点点，也是一种自我的更新。

人要找到自己，才能发现和了解自己；人又必须要忘记自己，才能发现和了解自己。两者说的是同一件事，却指向不同的阶段和过程，指向不同的认知层级，前者指向了解自己这一个个体，后者指向了解整个生命。

离开了就不行的感情关系，只是一种需求关系，并不是亲密关系。

世上有物质富裕者对穷人的馈赠，精神富裕者对精神匮乏者无法进行馈赠，精神只能共鸣，匮乏者无法从丰富者身上获得共鸣。

一个人对自己要求很低，做事无法深入、浅尝辄止的真正原因，是他还没有通过深入一件事，去品尝到天上的味道，一旦尝过，他自己也会要求自己不断地去登天。

感情变淡的真正原因是双方都不再能给感情增添新鲜的内容。

人年轻时，对事物不做理解，只做判断，意味着只能在主流价值观中寻找存在感。

人到中年后，对事物先理解，发现根本用不着做判断，只能在挣脱主流中找到自己真实的存在。

把每一次对别人的评论转化为对自我的审视，这样的成长是高质量、高效率的，每个人的内心，都藏着太多向外的评论，一旦向内，立刻就会变成财富。

好多事情，要经历了才能理解。好多风景，要抵达了才能看见。

如果体会不到生命的意义究竟是什么样子，就去看看没有意义的生命到底是种什么鬼样子。如果不知道有趣的人生是什么样子，就得去多看看什么是了无生趣。

在互联网时代，拿起手机就可以随便评论一个人、一件事的时候，或许最好的选择仍然是沉默，把心里现存的观点留给自己，在接下来的人生岁月中去慢慢求证，谁能保证你有一天不会站出来反对自己呢？

人与人都知道彼此的软肋，虽然人很难故意去伤害谁，可是一旦对抗起来，却很容易找到对方的柔软处，使劲地刺下去。

人的辨识力，辨识别人的能力，辨识事物的能力，辨识自己的能力，都是同一种能力，都可以叫：认识自己。

与梦想相比，我更喜欢梦想与现实之间的这段距离。如果说梦想是不真实的，其实现实同样也不真实，真实存在的唯有这种距离感，人要学会的，是怎样让自己踏踏实实地活在这种距离感里。

这世上的东西，多数都是可遇不可求的，而能遇见的，又多数是因为真诚。

你不看，所以才有繁华，一旦你开始注视，能看到的皆是朴素。你不听，所以才喧嚣，一旦你开始聆听，世界竟如此宁静。

其实好多的人生问题，就在于分不清什么是“重要”，有时候觉得自己很重要，又在意别人对自己的看法，认为还是别人重要。

你接受了世上没有完美的事物，可仍有太多的缺陷，你还是怎么都接受不了。“差那么一点点”，这样活着也很好……

关系的真谛，就是借他人的力量来认识自己，也把自己的力量传递给他人。

我认为成熟的人都该知道，生活能给予自己的是什么，要为此付出的代价是什么。

其实大自然更像是人们的家长，不仅可以滋养人，还铁定可以教育人，并且一定是那种不偏不倚的教育。人不能只通过文学去感受自然，应该去接受这种面对面、一对一的极致教育。

生活的磨盘很重，你以为它是在将你碾碎，其实它是在教你变得心思细腻，并帮你呈上生活的细节，避免你太过粗糙地度过这一生。

人在抱怨的时候，自己是一面盾牌。人在感到优越的时候，四周都放满了镜子。

聪明向外征服，智慧向内征服。

一个人之所以难以完整地去爱和接纳一个人，也许是因为他心里存在着一个希望对方成为的那个人。

我把一生的时间理解为：逐渐离开自己，又逐渐回归自己的绝妙旅行。

这里面最精妙的真理是：往往是必须离开，才可以带来最好的认知。这很像是我们在家里久了，就向往旅行；在外面旅行时间长了，就想着要回家。

不要把任何人与人之间的关系，变成那种离不开的关系，感情最容易把女性变成关系中的弱者，而一段真正良性的关系，衡量的标准恰恰是离开这种关系独自生活的能力。

世间的一切修行，修的都是关系。包括人与自己的关系；人与人之间的关系；人与大自然的关系；人与宇宙的关系。

如果某一种思想可以取悦你，那么你思想的深度应该刚刚好是这个深度，人类的思想没有高低好坏之分，只有适合不适合之分。

2021年，于峨眉山七里村，隔壁老谭摄

追求自己的独立和完整。不要在精神和物质上依赖任何人，不要把任何人生的希望寄托在别人身上，不要依赖任何人来带给自己快乐。

平淡生活与平庸生活的区别在于：一个感觉到丰富，另一个感觉到贫乏，最主要是精神上的贫乏。

外在的生活条件变好了，不等于生活会变好，内心对于生活的认知变好了，生活马上可以变得很美好。生活本质是由内向外去生活，由外而来的，那叫作刺激和对刺激做出的反应。

人们对熟悉的事物往往漠视，却不知熟悉才能显现出细节，一切从细节入手，生活才可以深入。

不必让喜欢的东西必须要属于你，而是让喜欢的情绪一直属于你。

没有人可以真正理解另一个人，你理解的也只能是你想理解的和可以理解的，我们可以做到相对的理解，世上却无绝对意义上的理解，一个人不可能被另一个人完整地理解，这是人人都生性孤独的源头，又是每个人都可以做自己的力量。

人无法挑剔这个世界，但可以管理自己对世界所做出的反应。

与其说“尊重别人者，便受到别人的尊重”，不如说“尊重自己的人，也会受别人的尊重”。前者多少有点付出与回报的意思，讲为人处世，是一种“术”；后者讲修行，是“道”。

人无法改变已经过去的自己，但可以改变对“过去的自己”的定义，借此去理解还未曾被理解的自己，这就是成长的意义。

不要去翻弄别人的自卑，不要去挑衅别人的自信。

不要去成为别人的一个部分，也不要让别人成为自己的一个部分。

保持并尊重各自的完整，能敞开心扉去分享在一起的时间，这就叫“一期一会”。

事实上，当人找到自己的精神归宿以后，反而更清楚应该去找怎样的情感归宿。一个人终于知道自己该成为什么样的一个人，自然知道自己应该去和一个什么样的人牵手。

人在妥协的时候，往往都会有清晰的理由。人在背叛自己的时候，往往没有什么理由，只会有“多年以后……”。

没有恶，何来善呢？没有善，又哪来的恶呢？正是如此，世上真正的善行往往都小心翼翼，生怕惊醒了恶。

回忆是一种看自己的角度，希望也是一种看自己的角度。当下，是另一种与“回忆”和“希望”完全不同的角度，是唯一能够真实地看见自己的角度。要慎看，要小心不要吓到自己。

忘记你，就得忘了和你在一起时的那个我，这似乎不太可能。人无法抹去自己曾经的岁月，特别是那些改变过自己的岁月。

每个人的人生只是自己的人生，你与这个世界产生的所有联系，都将体现在自己与自己的关系之上，你以为的世界的问题，社会的问题，别人的问题，无一例外，都是自己的问题。你必须自己面对，独自解决。

生命教人呐喊，而生活教人沉默。

没有一个遗忘是被决定的，也没有某个回忆是刻意的，自然而然地承受着过去，顺其自然地成就将来。

世上没有“这是为你好……”这么一回事，只有“自以为为别人好”这回事。

人内心有了冲突，就会显示出各种病态来，这与身体生病是一样的原理，生病容易被人感觉到，知道是自己的身体出了问题。而内在冲突所表现出来的病态，却常常表现在外部世界，表现为对环境、工作、人际关系的种种不满意，表达为一切都是外面的世界出了问题。

看不见自己的人，很难说能以自己的眼光看待这个世界，在没有确认这个人是“自己”之前，人难免不以“别人的观念”来认识这个世界。

人们对自己的过去，是缺乏认知的，人今天的力量源于昨天，无力感同样源于昨天，不反省不加以领悟，便无法把过去的人生经历集合起来，凝聚成一种当下的力量。

有时候要学会做一个不怕别人失望的人，甚至故意让人失望的人。不寄希望于人，也不给予人希望，这样保证不会在别人的仰望中摔下来。

也许某一天，人们会自己发现，自己对某一个人、某一件物、某一件事所产生的心动，其实是自己对某一个自己的心动，是对于某种状态之下的自己产生的心动。一旦有这样的领悟，生命就豁然开朗了，就彻底觉悟了，生命中的一切原动力都可以归于，我们对于自己，还是太陌生了……

人的任何一种情绪，都是另一个人难以理解的。人与人可以沟通事情，无法沟通情绪。

我感谢一切可以让自己感觉到渺小和卑微的事物，包括人、大自然，也包括爱情，还有文学艺术。

知己与朋友是两回事，我把这座山当知己，虽然它从来不理我，但一直在暗暗地启迪、慰藉着我。

在人际关系中，少关注一点关系中的对象，多从关系中看看自己。

当一个人对另一个人说：“我也这样想……我也这样做……我也讨厌这个……我也喜欢这个……”朋友就是这么来的。当一个人这么想：“她怎么会这样？”朋友就是这样没有的。朋友像是很多个需要向外去表达的自我肯定，只要有一个向外的怀疑和否定，朋友就没了。

关系里唯一正确的态度，在于允许彼此付出和得到的东西都不一样。

“什么样的人便遇见什么样的人”。这句话总是在结果不好的时候，才显得正确，才装扮得很像是命运。

人性的堕落和升华，一个指的是个性的失去，另一个指的是个性的超越。

人际关系的精髓是欣赏和赞美，欣赏和赞美是一个社会文明最正常的体温，体温低了便是充斥着憎恶、冷漠，发高烧便尽是阿谀奉承。

有些陌生，就该陌生到底，我怕半生不熟，更怕熟过之后，再度陌生。

把众生弄成一种模样的文明又何尝不是野蛮。

2021年，于峨眉山七里村，隔壁老谭摄

说感情需要理智不够准确，感情需要遇上智慧。感情与理智是热空气遇上冷空气，会变成大雾，变成迷茫，有互掐互殴互不理解的意思。感情与智慧是热遇上温暖，它们互助互敬，归于恒温。现实生活中，感情经常遇见理智，却很难遇见智慧。

友谊这个东西已经被世人捧得太高，它跟永恒其实没有太大关系。换了空间、时间，总会有人离去，也总会有与当下的你心意相通的伙伴不断出现，来陪你走接下来或短或长的一段路。所以，不要太念念不忘，也不要期待有什么回响。你要从同路者中寻找并肩的伙伴，而非硬拽着已经和你的心走远的旧人一起上路。

每个人自己内心的感受，才是自己最真实的人生。从这一点上看，人与人之间，其实是没有任何可比性的，身外的一切可比，身体内的一切皆不能比，无法比。

人的内心似乎永远有正反两面，一个人的思想，正是由正反两面的争吵中来的，正反两面的跨度，决定生命的深度，最后由深度决定内心的平衡度、和谐度。

有崇拜才有诋毁，一个人向外崇拜得越多，对外诋毁得也越多。

一个人若没有独立的人格，别人一个眼神，便可以把你关进心牢里，别让自己的灵魂，一辈子都在牢笼中度过。

所有的冲突，皆是真实的自己与所期望的自己之间发生的冲突，造成冲突的真相是自己的各种维度。冲突，不过是一面镜子，映照出来的正是期待的那个自己，与现实中的自己之间的差距，映照出来的是自己可以抵达的各种维度，提醒自己应该立即行动，缩小差距。

“常常与别人比较”和“只与自己比较”是人生不同年龄段必须要经历的样子，不用劝年轻人“只与自己比较”，这不仅没用也许还有副作用，对于多数年轻人来说，“与别人比较”恰恰是敢于闯荡和挑战自我的动力。“年轻没有道理”确实是一种真相，在人生已过大半时，仍时常与别人比来比去来找存在感，这确实是愚蠢。

无论是过去做过什么事情感到后悔，还是过去没有去做什么事而感到后悔，悔的真正原因其实是不满意自己的现在，悔的逻辑是因为过去没做好，所以现在才得到不好。一旦现在的自己让自己满意了，“悔和憾”的逻辑将不复存在，一切都是最好的安排。

任何争议，都是以沉默结束的。看来，我们可以彼此不懂彼此的语言，却也可以心照不宣地沉默。

别人怎么期待自己，那是别人的事，对自己有怎样的期待，桩桩件件都是自己的事。活着，心中应该有发自肺腑给自己的掌声。

虚伪是通往真诚唯一的道路，你必须走在上面，你感受不到它，就不会认识真诚。

独处是让一个人内心丰富最直接有效的方式，同时独处也是让一个灵魂可以去怜惜另一个灵魂的前提。与之相反的是，如果两个人在一起而无法相交于灵魂，至少其中一个是缺乏独处自省的人。

生命的本身就像是一件未了的事情，了无遗憾，是种奢侈。一件一件地遇见，再一件又一件地了结。了得干干净净的，遗忘得就快些。了得不那么干净的，忘掉就难些。

没有人能真正懂另一个人，人是孤独的。

一个人如果很了解自己，便容易找到适合自己的生活方式，所谓生活方式，其实质就是人与人，与物，与这个世界打交道的方式，每个人都有权利选择适合自己的方式，以保障自己与这个世界打交道时掌握完整的主动权，建立起专属于自己的人生格局，自己做自己的主人，并能将主人的权利发挥到极致，将不喜欢的人和事物隔绝在自己的世界之外。

一个人如果没有缺点是看不到别人缺点的。看到自己的缺点让人痛苦，看到别人的缺点让人快乐。所谓的一个人有没有视野，分界线就在于你是在看这个世界的缺点，还是总能看到优点。所谓的境界是：这个世界本没有优缺点。

在一个虚伪主导的世界，真诚是需要伪装的，就像在一个信奉真诚的世界，虚伪不可能说“我是虚伪”就可以走在大街上的。

所谓找对伴侣，其实是你首先需要找准：自己需要他人陪伴的，究竟是哪些部分。每个人都有需要人陪伴的部分，也有不需要任何人，来搅和的部分。

人生是一个逐渐接受一切的过程，你接受的事物越多，事物占有你心灵存储的空间越少，灵性觉醒的空间就越大。

一个人生活，便追求一个人生活的意义；两个人一起生活，追求的是两个人在一起的意义。人其实很难牵着另一个人的手，去追求个人自己的意义。

必须要经历过复杂，才能以简单去理解和诠释复杂；必须要经历过简单，才能以复杂去理解和诠释简单。

人一上了年纪就容易发现，现实生活中没有那么多的善与恶、真与假、对与错、好与坏，更多的不过是，人与人的不同，事与事的不同，不再拿二元对立去看待这个世界。

一个人找不到朋友，或是找不到伴侣，其实是件再正常不过的事，人并不善于容纳与自己不太一样的人，又对和自己太相似的人没有什么兴趣，有时候，保持一些不正常，是交到朋友和找到伴侣的条件之一。

别人再讨人喜欢，讨人爱，你也做不了“别人”，不如先做一个让自己喜欢的自己。

人只要能看清楚，自己是怎么一路走过来的，就知道该怎样走下去。

人们观察事物的视角，取决于他们所处的位置，一旦更换了位置，就更换了视角，也就更换了看法。人们洞明自己也是同理，人很难从多种视角去洞察自己，可能会因为内心过于拥挤，找不到一个位置，去安放心灵的眼睛。

真的不能把自己看得太重要了，如果真有人当你很重要，也是因为你能让他们感觉到自己很重要，这很荒谬，若是两种“重要”发生正面冲突，你就会发现自己没那么重要了。所以呢，真的不要把自己看得太重要了，因为每一个人都觉得自己很重要。

当下的每时每刻都是新鲜的，人之所以感受不到新，不过是人的大脑在指挥人，重复地使用过去，重复地关心着将来。人若活不在现在，始终活的是回忆过千万次的回忆，想象过无数次的将来，那么，一切都是旧的，都是重复的，让人厌倦的。

生活建立在独立之上；做事建立在兴趣之上；思考建立在自由之上；领悟建立在经历之上；修养建立在真实之上；关系建立在尊重之上；幸福建立在细节之上；财富建立在内在的丰富之上；智慧建立在以上这些之上。

在一段关系里，该做的、不该做的都去做了，内心最真诚的话也都说过了，无论是好话还是气话，最美好的、最难受的感觉也都感受到了，最后留下的，只是时光本来就有的遗憾，早晚都会来的遗憾。这大概就是人与人完整关系和缘分的真相吧！

过去有用吗？已经过去了真没有什么用了，唯一的用处就是去领悟它们，好让自己活好现在。将来有用吗？将来还没有来临怎么能用呢，你拿现在的时间去消费将来，那么现在的时间就消失了。

两个内心匮乏的人在一起，只会互相索取；两个内在丰富的人在一起，才能彼此给予。索取势必枯竭，给予方能成长。

好东西都是带着点灵性的，美好的事物也是如此，人与人，人与物之间，唯有灵性才是相通的。可是，灵性的内容究竟是什么，一直处于人类语言和文字的空白处，无法言说，只能自己去体悟。

当下的感觉才是人与自己生命最真实的接触点，没有丰富的接触点，人是无法理解自己，理解生命的，人生需要积累丰富的感觉，经过领悟去改变和提升自己。

你可以接受一个人的改变，但无法改变一个人。

尊重，可以理解为我见过一些你没有见过的东西，你也见过一些我没有见过的东西；我懂一些你不懂的东西，你也懂一些我不懂的东西。每个人到死都会有很多没见过和不懂的东西，于是，互相尊重，保持敬畏。

你不看，所以才有繁华，一旦你开始注视，能看到的皆是朴素。你不听，所以才喧嚣，一旦你开始聆听，世界竟如此宁静。

2021年，七里村森林禅道，金杯半山集团供

越来越喜欢那种带有渗透性的美感，慢慢地入心，相互渗入而无丝毫的保留，可以融为一体，让自己实实在在地感觉到成了其中的一个组成部分。时光很慢，人不再只是被美攻占，只允许互相丰富，彼此成就。

每个人都在追求生命的完整，有的人通过与家人、孩子、朋友的关系获得这种完整，有的人只通过自己与自己的关系就能获得生命的完整，殊途同归，最终都是为了获取自我认同。

聊天群也是一个社会，是一种人际交往，人际交往中最重要的，不过是知道自己能给予什么，因此而可以得到什么，没有这种平衡，这种交往就长久不了。读书分享，你能给什么，才可以得到什么。人人都不去给，何来得到?

人若是想表现得真实，那便失去了真实。每一个人都喜欢给别人讲述自己的过去，说出一个理想中的自己。

要相信无论怎样的遭遇都会烟消云散，要相信在这些遭遇之后，我们仍可能涤荡出一颗最初的心。

人如果拿生命与时间做交易，肯定是亏本生意。若是拿自己的命与智慧做交易，想来是赚到的越来越多，赔的是越来越少，智慧多了，赚到的快乐和幸福自然就多了。

不同的人，以不同的方式经历着同样的一些事件，因为个性和观念不同，同样的刺激才会有不同的反应。人与人之间的差异性，应该就是这样来的。

为这个世界做点什么，不，先为自己做点什么。哪怕是改变自己那么一点点，哪怕是消减自己那么一点点负面的情绪，哪怕是减少一次拿双重标准去对待别人和事物。

人必须要明白，人的过去和未来，一切都溶解在今天，一切都只能在今天发生，一切都只能在今天被完成。唯有今天，可以帮人分清楚什么是昨天，什么是明天。

别以为你没有体验过的事物就没有，别以为你心里面没有的事物别人心里就没有，别以为你无法抵达的境界别人也无法抵达。

沉默是对一件特别有感觉的事物，最好的交代。我们能够表白的，往往只是溢出来的那部分。

网络上聚集着太多对与错、善与恶，忠诚与背叛的年轻法官，哪儿热闹去哪里。这段实习法官的岁月，要等二十年才能自我审判。还好，我已经终结了对自己年轻时的审判了，判决结果非常悲哀，两个字外加两个字，肤浅加愚昧。不过，似乎人人都免除不了以这样的方式变成熟，这才值得悲哀。

想想，人不可能一直在旅行之中；不可能永远在节假日之中；不可能一直在购物消费之中；不可能一直在聚会派对之中；不可能一直在成功成就的喜悦之中……能享受日常生活的平淡和琐碎，这是一个人能够拥有的，最真实的修养和高贵。

人总是被环境、社会、文化先行塑造，再返过来进行自我塑造，难免有些人去得远了、深了，从此不复返，也有人可以把自己劈开重来。

世界一开始会抹杀人的独立性，这是为了保护一个人，让人可以顺利长大。世界会在某个阶段还给人独立性，是为了让人在接下来的岁月里，去成为自己。独立性刚拿回来的时候会很烫手，会灼伤人的肌肤，但是要记得，别想丢给别人，要小心互相烫伤。

“我等你！”是一句听的人比说的人还要认真的话，时间云淡风轻，说的人已经等不到了，也不等了，听的人因为一直未曾抵达，所以耿耿于怀，成为远方。别等人，但可以想象自己被人等……

人生一辈子，靠身边的新人、新物、新家、新的风景带给自己的新鲜感是有限的，由此带给自己的更新也是有限的，这往往需要付出巨大的人生代价。多数人辛苦一辈子也支撑不了这样的“新生活”，外部世界带给自己的“新的自己”的感受，早晚会陷入枯竭。

2013年，于成都乡下，半山供

要允许一个人可以把岁月穿透，不仅昨天有她/他，今天想她/他，还要允许明天继续想她/他。

平静会给人一个又一个好的去处，让人可以去解剖自己每一缕细枝末节的感觉，惊喜地发现一些更接近真相的东西，以此印证这个世界真与美之间的联系，逐渐让自己变得干净和纯粹起来。

人得主动在自己的身体以内给自己创造出一个世界，并由这个世界去定义和享受外面的世界。

人人都喜欢诗和远方，人人都以为熟悉的地方没有风景。我不做“人人”，我是一个在眼前的细节处发现了诗和远方的人。

“关系”这个词完整的语境本身就包含着“发展关系”，关系不进则退，不能变得更好，就一定会变坏，这里包括人与自己的关系。关系必须要有新鲜的内容去丰富和发展，为此，人需要终身地成长和学习。

人生其实并没有几个关键词，彻底弄清楚几个就行了，比如：什么是付出，何为回报；什么是真实，何为虚假；什么是快乐和幸福。

人需要历经圈子，方能知晓圈子，最后逃离圈子。人必须自己把自己送进牢笼，才能真正远离牢笼，最早的牢笼，何尝不是一种自由。人生难免一局又一局，总得先入局，再破局。

没有说过的分别才是永远的，也是我们人生之中发生次数最多的。

人生阅历到了一定程度，会发现自己越真实，外面的世界越是无法伤害到自己，真实就像在心灵之上包裹一层富有弹性的蛋白，既可以吸收外面的养分，又不逃避触碰，可以把无法吸收的东西在瞬间接触之后就反弹回去。

过去与未来之间需要保有足够的宽度的振幅，才能提供空间，让一个人在当下拥有足够的从容。这种宽度来自一个人对自己过去深刻的认知，和以此建立起来的自信，这种宽度越大，人的未来也就走得更高和更远。

每个人都骄傲过，似乎多数都属于儿时的记忆，往后走就很难了，自己身上有的全是人人都有的东西，拿什么去骄傲呢？可是儿时的自己分明就有好多独一无二的东西，它们都去哪儿了，我的骄傲去哪儿了？

人正是因为可以堕落，才可以上升，我称之为一种“轮回”。不要害怕堕落。越能看清楚自己的堕落，到点了，越是知道怎么华升。

人与人之间，“懂”与“不懂”是不好定义的，也是不能轻易去定义的。人活到几十年，越是不敢轻易对自己说“懂了自己”，如此看来，“懂”这个字，对人对己都是值得一辈子去敬畏的。

人生下来后所经历的无疑是一个逐渐被套上各种枷锁的过程，“智慧”最大的功用就是放开自己，重新获得自由，所谓的“涅槃”就是去除所有的枷锁。

人没有走在属于自己的正道上，才会产生“努力”的感觉。大自然里从没见过“努力”这个词汇，喜欢和爱，何来“努力喜欢”“努力去爱”，人难道不是应该活在喜欢和爱里面？

社交趋同，孤独趋异，社交的结果是相互传染，互相模仿。

有两种事应尽量少干：用自己的嘴干扰别人的人生，靠别人的脑子思考自己的人生。

人不断地给自己贴上标签，又不断地摆脱标签。直到找到自己专属的标签，再找到可以丰富这个标签内容的生活，人生也就这样了。

任何事物都存在于三种状态，想象的、现实的、想象与现实之间差距的，三种状态都各有各的价值，都可以滋养一个人。试想一下，若凡事皆可心想事成，这个世界该有多么的无聊，没有点难度系数的游戏，似乎很少有人去玩。

每个人其实都很在意别人怎么评价自己，这就是人的社会性；每个人又在不知不觉中自己评判着自己，这就是人的孤独性。人们会因为别人和自我的评价而自省，与别人的否定相比，自我否定才最致命。

关系的精髓在于共性而非个性，孤独的精髓在于个性而非共性。

承认并接纳世界的不好也不坏，恰恰可以呈现出一个生命的意义来。人们都误解了爱，爱的本质，是对于爱的体验，是对这个世界进行无差别、全方位的爱的体验。

有人对待信仰是很认真的，有人对待爱情是很认真的，有人对待家庭是很认真的，有人对待科学是很认真的，有人对待艺术是很认真的，有人对待金钱是很认真的……人信什么就认真对待什么，每一个人能认真对待的事物其实并不多，人能够认真的东西往往是自己认为的人生价值所在。

成年人的感情世界不可能纯粹，亲情、友情和爱情，或多或少都渗透着现实的成分，是种种利弊权衡之后的因果。但是，在感情互动的过程之中，却从来不排斥纯粹，我们总免不了在真诚里掺点虚伪，而一旦过于虚伪，真诚又会从心里跳出来干涉。

生命如秋天的叶子在风中摇曳，夏季的风再大也吹不落旺盛的绿叶。秋天的叶子失去了自己的养分，是自己要掉的，与风无关。

一个人说这个世界不过如此，生活不过如此，人生不过如此……所指的，不过是他自己不过如此，与这个世界，与生活和生命没有半点儿关系。

人一旦找到了自己直接愉悦自己的方式，就不再需要去取悦他人，因为取悦他人，其动机仍是想要取悦自己。

2021年，于峨眉山七里村，隔壁老谭摄

从别人身上看自己，也从自己身上看别人，自己在生存利益面前有多复杂，别人就会有多复杂；自己在真情流露的时候有多么纯粹和简单，别人在这样的时刻，也会有同样的纯粹和简单。

不要相信什么逆境锻炼人，人天生就不擅长逆境，动物之所以长途迁徙，是为了找到更适合生存的顺境，人也一样，逆境只是为了提醒自己必须想办法远离它，去发现适合自己生长发展的顺境。

我知道你错了，但是现在的我肯定不会说，这是因为我知道你在接下来的岁月里，会有自我纠错的时候。我自己的经历告诉我，没有可以被别人纠正的错误，只有自我纠正的错误。

为此，我会一直保持沉默……

事实上，人与人之间任何依附的关系，到最后都会被证明为最差的关系。无论是依赖别人的人，还是被人依赖的人，答案都相同。

世上有灵魂，但并没有“我的灵魂”，“我”只拥有自己的心智，能把“我的心智”抛开去连接更高意识的人，可以与天地之间的灵魂相拥。

一个人是什么，便从这个世界上体验到什么，从自己的生命中体会到什么，没有人可以获得超越他自身境界的人生体验。

不要只是去解读别人，要从对别人的解读中去阅读自己，每一条、每一句深入下去都可以见识到还没有见过面的自己。

天才是能深入事物细节的人；智者是能看见事物整体本质的人；蠢货就是既看不见整体，也无法深入细节的人。

人最初都依靠别人的影响而获得成长，这样的成长抵达一定程度之后，得依靠主动去消除别人的影响，才能继续成长。

一个人生活久了，脾气也就变好了，这不一定是什么智慧，人不可能一直对着自己发脾气；一个人生活久了，不知不觉就不再孤独了，这也不是什么思想，只是一个平静丰富的自己，可以陪伴另一个孤单无聊的自己。

所谓淡定，就是在内心预留一定程度的空旷感，无论遇见怎样的惊喜或是苦涩都无法将其填满。所谓宠辱不惊，就是早被宠过、辱过，所以见怪不怪。

在众多的优越感中，唯有优于自己的优越感最值得拥有，最值得去不断挖掘和深入。人最可爱的地方，是自己内心的笑容可以超越脸上的笑容。

人的内心，总是有不甘心的呐喊，也会有顺其自然的低鸣，唯有心甘情愿，可以把这两种声音组合成一种天籁之音。

2021年，七里村溪谷禅道，隔壁老谭摄

人需要在人群之中与他人互动来认识自己，也需要在孤独中与自己对话认识自己，虽然这两种“自己”往往会发生冲突，但人需要在这样的冲突中去丰盈自己的心灵，以确保最终实现内心的和谐，拥有足够的宽度和深度。

每一次感受到自己不被别人理解时，这其实是种很好的认识自己的机缘，若是可以换一个方向，换一种角度，去理解别人的不理解，去理解不被别人理解之中的自己的理解，便帮助人又一次成功地看见了自己。这样的心智不仅自由，并且非常健康。

现在的我对自己最满意的地方，是自己的情绪，不是没有坏情绪，是坏情绪停留的时间越来越短暂，而自己可以让自己长时间处于某种好情绪之中。文艺与现实互相死磕，磕出来的是冲突还是和谐，决定了自己是否可以让文艺彻底回归到生活，这无疑是一种最朴实的，自己都要成为的那个人。

人的“相信”在何处，人就存在于何处，人相信得越深刻，人的存在也就越强劲和坚固。人若是什么都不信，自己的存在就是种虚无。

这世上不存在有比幸福和快乐更高级的东西，不过，幸福和快乐确实可以分出高低的层级。那么，怎么分才算真正合理?

持续时间短的快乐，就低级；那种转瞬即逝的，还会带来痛苦和空虚的快乐，就很低级。

持续时间长的幸福和快乐就很高级，一个人能从做同一件事情上，源源不断地获得幸福和快乐的感觉，这毫无疑问活得最高级。

比如坚持做自己，不断从自己的更新、成长和完善的过程中获得生命的充实感和快乐感，慢慢看着自己长成一棵参天大树，这种幸福和快乐感肯定很持久。

活在世上最高级的事情，就是在日常生活里，快乐和幸福都可以不断地重现。为此，人需要有高贵的灵魂。

半山 文集 BAN SHAN WEN JI

阅读、思考

YUE DU SI KAO

最好的阅读效果，是通过阅读加上反省，去消化自己的人生经历。最好的文字应该像消化酶一样，可以协助阅读者，将他的人生经历，转化为他自己的营养。

好书并不会把人关进书里，通常是把一个人解救出来，至于从什么地方解脱出来，每个人都不一样。

人什么时候开始喜欢上自己的日常生活了，才算是真正生出了人生智慧。

2020年，于七里村居所，半山供

金钱所能代表的，不过是人们想要的一切东西。如果一个人不再有想要的东西，金钱就失去它所代表的意义。

停下来观察，仍然是一种行走，真正的停滞，是什么都看不见。

我现在不再喜欢那种能说会道的人，却喜欢上那些语言表达笨拙的人，大概是自己也从过去的滔滔不绝，变得口齿不清了。真诚不需要太多的语言，语言每一个折叠之处，一定隐藏着虚伪。

任何一个习惯都会创造一个神奇或是可怕的结果。

人挣钱的目的，是为了具备一种能力——让自己有一天能站在生活的高处，在数量众多的生活方式之中，选出最适合自己灵魂的那种。

命运，更像是一个人还没有给自己争取到的，或是还无力支撑的那部分自由。

生活的本意就像是滴水穿石，简单，重复。不会生活的人感到厌倦，会生活的人在上亿次的重复之中，感受到每一次都不一样，并且终有洞穿石头的那一天。

这世上有好多东西，一定要等到一定的年龄才能看得见，要拥有一定的智慧才能看得见。

比如，那些本不是雨的雨天，那种不是阳光的光明。

厌倦的原因，是一个人失去了更新自己的能力。

需要考虑几遍再说的话，真的不如沉默。

人为什么会变，是因为人对自己的看法一直在变，内心的语言一直在变，自己对自己的诠释一直在变。

“放下”不是指放下某个人、某段经历、某种事物，是去理解和释放这些东西在内心引发的各种冲突。放下不是逃避，也不是去遗忘，是将自己还不明其意的事物，进行主动整理和收纳。

真实就是把屠刀给大家看，至于放不放下刀，成不成佛是自己的事。

学会观察事物在自己内心引起的变化，并追问为什么会起变化，自己到底起了怎样的变化……答案不仅可以帮助自己迅速穿过不必要的痛苦，所形成的心智习惯还可以让自己终身受益。

只要是人类曾经做过的事情，就一定还会发生。人类一些行为的消失，是因为这些行为的前提条件已经完全消失，一旦这些前提条件重新出现，人仍然会“吃人”。

人一生能做到的远远不及自己说过的，不过，人一辈子能说的话也像生命一样，有总量控制，今天多说了一句，明天就会少一句，上半辈子说过了头，下半辈子就注定沉默。

真正的天真和纯粹，是不会受到任何人伤害的，被伤到的，反而是人不够天真、不够纯粹的那部分。

人无法在明亮和黑暗的地方，完成自我的更新。灰色的地方才是我待得最久的地方，灰色是比黑暗更危险的地方，也是有点光也照不亮的地方。正是如此，才是能够真正实现自我重塑、破茧而出的地方。

从前，每一个孩子都是古灵精怪的。之后，每一个大人都是普普通通的。最终，每一个老人都原谅了生活。

人的眼角是经不起几次眼泪和微笑的，没有人会在意，是哪一次眼泪或是哪一次微笑让眼角生出了第一条皱纹。皱纹对于眼泪和微笑都是公平的。

内心敏感细腻，性格内向又喜欢安静独处的人，趁早投身于艺术，即使做不到以艺术为职业也得保留一点这样的爱好。不求靠这个吃饭，却需要靠这个保障心理健康。

世间所有的一切都不过是为了体验人生，每个人只能体验自己的人生，活一天就得体验一天，没有收获到体验就叫苟且，苟且是偷不了生的，苟且与等死差不多。

要有梦想；要抱着强烈的愿望；要有不顾一切的追逐；要有过来人眼里的“不靠谱！”……要等待这一切都破碎，站起身来，把一切都重来一次……

一个人能够接受的事物越多，越是自由。每一种难以接受，都给自己竖起一道墙，墙竖得多了，不是迷宫即是牢笼。

只要是能确定带给自己价值感的事情，去做就好了，无论是做一件事，还是去爱一个人。关键是这种价值感是否真的存在，是自己原生的，还是被环境所影响的；是短暂的生活价值，还是可以长期丰富自己生命的价值。

不要让自己的生活，回过头去看像自己没有参与过一样，这看起来荒谬，却成就了多数人的平庸之实。

唯自由和独立的思考，才是触摸这个世界真相的方式，一个人几十年的生命旅程，总该可以感受到世界的几次脉动。

别把今生理解成修炼下一世的场所，这太高级了，普通人都够不着。不能被生活所用的灵魂，算不上拥有灵魂。

有时候多说了一句话，就意味着还得补充十句话，甚至还觉得不够。语言丰富的背后总是让人感觉到虚空，大自然的自然之美就美在有声的宁静，对人类来说，艺术便是有声的宁静。

人生应该抵达的两种境界，按自己的方式生活，按没有自己的方式存在。

得到什么都不如得到成长，得到点什么东西只是暂时可用，越用越旧；得到成长终身都在用，越用越新。

失去了专注力，就等于失去了深入体验人生的能力，人就变成了随波逐流的浮萍。

人内心的无力感源自内心的紊乱，什么地方打上了死结，人的无力感就存在于此。内在有清晰脉络的人是不会对人生产生无力感的，他/她知道自己的力量在哪儿涌现，哪儿需要便流向哪里。

时间的本质就是尘土，生命更像是尘埃里开出的花，人自己知道自己到底有没有开过花，开过几次花。

不了解自己应该往什么方向去改变，就先静下心来，确定自己哪些方面不想被改变，守护着这样的不变。

平静的力量源自相信，如果心存有任何的疑虑，人恐怕是静不下来的。一个人若是可以把自己完整地托付给自己，便可以获得真正的平静。宁静至远，平静至近，一个人如果不能相信眼前，拿什么去相信还有远方。

2021年，于七里村酒店，半山供

一种领悟是一瞬间的事，为此而产生的改变，却是一生的事。

残酷的现实会让人清醒，但清醒的也只能是人性中残酷的那个部分。旅行的新鲜感也会让人清醒，唤醒的是人性中浪漫的部分。残酷久了，偶尔浪漫一下，不影响我们继续残酷。

动物忠于自己的一切感觉，并依赖自己敏锐的感官生存和繁衍。人类以知识和经验替代感觉，把当下变成惯性思维的种种套路和观念，人类是唯一一种可以欺骗自己感觉的动物。

老有情绪来拥抱你，你多半平庸；你总能主动去拥抱这个世界，你肯定优秀。平庸与优秀，不过是一个被动，另一个主动。

人类太想飞翔了，所以天空中才无法生存那种很大的鸟，否则早就被人类驯养来当马儿骑了。

让人经常纠结的，从来不是什么大事情，但太多纠结的小事情，时间一长就会酿成大事情。

人一旦上了年纪就得依靠着心灵的丰富活着，上半生负责存贮，下半生负责诠释。上半场生活复杂，难免很粗糙；下半场生活简单，却相当的细腻。

一座繁华的城市以拥挤和喧嚣记录伤感，有早晨离开家的伤感，有夜晚还没归家的伤感。

人在还没有找到自己究竟想要什么的时候；没有看见自己人生方向的时候；还没有怀揣着梦想的时候；感到迷茫徘徊的时候……至少有一个东西是值得自己去追求的，至少有一个方向是可以确定的，这就是步履不停地去更新自己。

正是发现自己的心灵似乎永远都打扫不干净，才不敢再去评论别人的种种不洁净，这或许是一种真实存在的宽容心。

每个人的人生都是碎片化的，散落在各种片段里面，不要让自己在某些碎片里纠缠得太久了，成熟就是要学会从碎片里挣脱出来，把自己统一成一个整体，即使有点缺陷也是一个完整的人，这就是圆满。

天赋，不是指你超出常人的那些部分，是你最接近天性的那部分，也是最自然的那部分。

天赋一旦醒来，与天赋相匹配的行为叫释放。

人们每得到一份人生感悟，就同时带来一份失落感，这种成长的感觉其实非常的真实，但是别轻言“看透”或是“看穿”，如果能往前再走一点，再深入一点点，捉住这种“失落感”不要让它溜走，就可以遇见释然和智慧。

大风大雨扑面而来，如果你不赶路，又不是为了与风雨嬉戏，就应该找到一个地方躲雨。要么是在赶路，要么是在与风雨做游戏，与风雨搏斗那是旁观者的视角。

年轻的时候只看得到被时间所改变的，上了年纪才能看见被自己改变的。

修养的源头，是人天生的各种欲望。人需要去管理自己的欲望所投射的对象，从而把粗俗狂放的欲望变成精致从容的欲望。

一直在别人的教导下，以为自己有严重的拖延症，现在才知道，拖延症不过是发自内心的拒绝，一切都源自：不喜欢！

把放在别人身上的希望收回来，
搁在自己身上，
可保自己一世的浪漫。

道理指向的是过去的和将来的事，唯有智慧指向此时此刻的事。

聪明帮助人赚钱，而智慧帮助人们省钱。

聪明往往做加法，智慧帮助人做减法。

年轻其实就是快乐地做着错事，等到自己不再年轻的时候，就会发现所有的错全变成了对。一切都是最好的安排，一切的错都会变成对。

有时候，
人得停下来确认一下，
刚才给自己指路的那个人，
到底是不是——自己。

人们正在失去“怎么都可以”，正在得到“根本不可能”。

生活是沉默的，唯有各种道理让它显得格外热闹。

一个人内心若是很丰富，她触摸到的一切皆是丰富多彩的，一朵花，一株小草也能带给她愉悦，一杯热茶就能让她感觉到幸福。这样的人可以由自己掌控着生活，命运对她也将无可奈何。

最好的未来，或许可以是“随便”。这至少证明一个人活在一种很不错的当下，以及对自身强大的自信。

好多的事情，只要是真诚就会有答案，不管是对自己，还是对别人真诚。

2017年，七里村溪谷，金杯半山集团供

每个人的一生都会有大把的那种不痛不痒的日子，这些光阴很轻，记忆捞到尽头也换不出来什么回忆，从几个月，到几年甚至几十年不等，如果说时光是一个小偷的话，生命大概就是这样被盗的。如果这种清汤寡水的日子太多了，要么让自己再折腾一点，要么就文艺一点。

人迷茫的时候就该去看看大自然，去看看一草一木是怎么样活在这世间。

守护好自己的平静，平静就会反过来守护自己。

阅读，是把碎片化的自己，逐渐拼凑完整的方法之一。

理解不了的事物容易重复遇见，直到被你所领悟。理解到的事物就很难再见，你或许会穿过它，或者它会变成一种新事物，等待被你再次所领悟。

一个人如果把自己的个性收拾干净了，就感受不到生活的蹂躏了，就像是一个圆球，滚到哪儿都不会产生摩擦，因此可以滚往这个世界任何一个地方。不过又发现，心灵中的任何感觉，都像是生长在个性里的，个性没了，感觉好像就没了，心好像就死了。

很多事情其实都是经历比结果重要，结果在漫长的岁月里往往会变得越来越轻，但是过程很重，记忆钟情的也只是过程，对结果往往不屑一顾。

没有天赋的人，是不会来到这个人间的，人也许会死两回，一回是死掉了天赋，另一回才是没了生命。

成长有时会给自己这样一种感觉，过去经历过的好多事情，没有一件事是彻底过的，这些事情还一直放在生命的某一处角落，成为背负，并开始告诫自己，不要再轻易开始，一旦开始，一定要让某一件事情，彻彻底底地来那么一次……

没有经历过沧桑之人，年纪大了也一样给人沧桑之感，从某种意义上来说，时光流逝总是会让人敬畏的，每一个生命到了尽头，都拥有一种莫名的忧伤。

一本好书或是一段入心的文字，它们只是智慧的诱因而非智慧，它们与读者的个人经历和知识结构以及个性相互碰撞，诱出某种归属于读者自己的、积极有益的东西，这就是智慧。

人应该给自己留下点童话精神，童话里有我们所有的初衷，人每一次被感动或是自我感动，其根源，都来自这些初衷。

人应该去找自己内心的渴望，然后再带着这种渴望去读书。也可以在书里去读出自己的渴望，再把渴望放进人生里去解渴。这就是读书的意义。

“生活每天都是全新的”。偏偏这种感觉很少被人真实地拥有。这明明是生活的真相，却很少有人相信它是真的。

没有体验，就不要去谈体会；没有经历，就不要去谈领悟；没有丰富的错误，根本无法反省。

不要只读文字，要读的是文字启迪到的东西。不要读别人已经想到的东西，要读文字背后还没有想过的东西。

如果让我现在非要评判一个人的话，我会以这个人的个性与他快乐结合的程度，来得出优劣。如果一个人的骄傲能建立在自己的个性之上，我认为这个人是相当优秀的。

年轻人从别人那里学东西，中年人从生活里学东西，老年人都在向生命学东西。

2021年，峨眉山七里村，半山供

伟人可以先知先觉，智者可以自知自觉，愚蠢者几乎是不知不觉，平庸者总是后知后觉。生活就在于你怎么自知，怎么去自觉。

没有真正经不起挫折的人，这种人已经死翘翘了。也没有真正意志薄弱的人，这种人也死了。但是，世上有颓废的人，不过“颓”不是指身体，是指你从不思考，不是指身体上的“废”，是智慧上的停滞不前。

要让自己感受到人生丰富，通过阅读去丰富自己的内心语言，是不错的途径。

人生就该有像散步时的心情。有所思，又有所不思。有风景，又不仅仅是风景；有方向，却无目的。

内心感觉不够丰富的人；阅历贫乏的人；不阅读的人；少有精神生活的人……就暂时不要去追求“平静”这样的内心意境了。没有人可以在荒芜且没有人的沙漠里，找到平静。

感性是规则之外更为可靠的规则，它是人与人之间最不假思索的可靠性。就像是在危急时刻救人一命，人一思考，要么错过时机，要么就采取了保护自己的行为。人生兜兜转转，要学会重新相信自己的感性。

教养善待他人，修养善待的是自己，人们总是先有教养，后有修养，当教养不太好用的时候，就产生了修养。当别人看不起自己的时候，自己仍看得起自己，这就是修养。

喜欢阅读的人，喜欢读到相似的心境，喜欢的是文字对相似心境的收纳，纷纷扰扰的世事和思绪，在阅读过程中，被某段文字应和着自己的领悟，确认为“就是这么一回事儿”。于是乎，纷扰被自己诠释之后消失了，留给自己片刻的澄明。这么说世上有相似的心灵，每个人都喜欢相似的心灵的人，和心灵相通的文字。阅读应该是通过喜欢而抵达和谐。

喜欢读到那种“什么都没说，又觉得什么都讲到了”的文字，在这样的文字里，人比较容易被带入思考，并且往往是原生于自己的独立思考。

时间，多数人因它变质，少数人用来保鲜。

有时候，人会因为平静，才具备了把平凡的事物解读为美好的能力；有时候，人是因为感受到美好，才有了让岁月恢复平静的能力。平静与美好，互相支撑，彼此成就。

立志写作的人应该心怀两种敬畏，第一种是最起码的敬畏，就是自己的书或是文章会消耗阅读者的时间，时间则意味着宝贵的生命，写作者应该承担的，其实是种关乎于生命质量的责任。第二种敬畏，是承认所有文字、文章都是天地间本来就有的，写作者不过是做好了一件事情——把它们认认真真地收集、整理出来。写作者必须要敬天畏地。

真正的写作者，灵感源于生命的源头，因此能带领阅读者去寻找自己的源头。唯有在源头上每一个人才是独一无二的、原生的。社会拿一种模具塑造人，艺术的特点就是要帮助人们去“逆”这种塑造，发现自己，成就自己。人活的不该是共性，而是每一个生命的独特性、原创性。

喜欢那种带着点思考的有趣，不管是自己身上的，还是别人表达出来的。凡事皆可以换一个观察的角度，同一个角度也可以换上另一种描述，这可以让最平淡的生活，也保持住鲜活和浪漫。

我知道哪些文字会引发人们的深思，阅读者的感触越多，越是沉默，这样的文字会极少有人评论。我也知道哪些文字会引起喧哗，引发冲突，这样的文字，评论往往是热闹的，我尽量避免在微博上发布这样的文字。好的文字让人平静，促进思考，看见自己。一些文字会诱发人们的评判，甚至是批判，滋生戾气，让人得意扬扬地愚弄自己。

阅读的意义在于与文字的互动中验证自己，把自己生活中模糊的感觉变成清晰的自我认知。

越是内向的人，越是应该趁早由内及外地去发展自己，而非跟随大流追逐外在的世界。找到自己真正想要的，宁愿孤独也决不苟且，以避免让自己陷入种种不可逆的伤害。

虚伪的人，与真实的人在一起，会无聊；内在空虚的人，和内在丰盛的人在一起，会无聊；不喜欢孤独的人，与孤独的人在一起，会很无聊。无聊，皆是自己的无聊；有趣，同样是因为自己很有趣。

喜欢而不得，谓之惆怅；爱而不得，谓之寂寞。惆怅往往只关乎于心，寂寞关乎的不仅仅是心，多少都包含着一点身体。

什么是爱自己呢？爱自己就是人持续不断地进行自我更新和自我教育，确保自己一直在主动成长。这样看来，能实实在在地爱着自己的人其实很少。

看一部很好看的电影，人便容易完整的投入进去，一到结束后就会有一段好长时间的发呆，舍不得从故事里面抽离，就像是刚经历了一场爱情，还有些淡淡的伤感。

一件事情彻底不再想了，才算是真正想清楚了。所以，没有比空旷更清楚的清楚，没有比不思考更牛的思考。把自己从一个牢笼里放出来，必须同时也把牢笼给拆了，才不会再次被关进去。

没有一本书，是为别人读的；没有一句话，是为别人写的。人只能对自己去诠释人生。

阅读也算是一种移情，把内心纷乱的情感放在字里行间去，思考，共鸣，梳理，抚平，等它们流回来的时候，归于平静和有序。

习惯，就是在某种前提条件下，人永远只会做同一件事，用同一种方法，做出同一种反应，得到同一种结果，获得同一种感受。

有时候，对某一件纠结了很久的事，换一个角度，改变一下看法就过去了，偏偏如此简单的事情，许多人就是做不到。

召唤人写作的力量，也同样是召唤人去阅读的力量。读与写，其实是同一个动机，关乎于人怎样面对自己，怎样与自己对话，说什么内容的话。

不要总是去问自己的星座性格是什么，血型是什么，属相是什么，生日密码是什么，原生家庭是什么……这些其实都决定不了自己的命运。

而是要问，对自己来说：生命中最重要的是什么。

读文章和书籍，不是去读别人的答案，也不是去评判别人的答案，是用别人的答案来启迪自己，去发现自己的答案。

好像是经历越复杂、越丰富的人，越是可以变成简单纯粹的人。人至纯粹，似乎才可以理解一切的复杂。

人们思考生活，思考生命的意义，思考人与人之间的关系，思考事业和工作，思考人生的价值观念……

一个人，要能在感情生活上绽放几次；在独立思考上也绽放几次；在物质生活上也绽放几次；在万众瞩目的舞台上绽放几次；在宁静和孤独中再绽放几次；在无我之境也绽放几次；大概此生也就不虚此行了。

不要去崇拜人，可以去仰望人做的事。崇拜多少都有点对自己的忽视和贬低，而去仰望某一件事，既能教人学会尊重事实，又能被事实所激励，让自己尽可能去靠近这样的事实。

2021年，于七里村酒店，半山供

人生真的会绕好多的圈圈，有时候绕在圈圈的里面，有时候绕着走在外面，在圈圈里面的时候，以为风景在外面，在外面的时候，总以为风景会在里面。

也许，人生并不是要做成点什么，而是不断去经历一些什么，体验一些什么。“经历”这个词的语境是“经过”和“磨砺”，提醒着人们眼前的一切都将成为过去，于是认真品尝，倍加珍惜。

真诚地原谅一次自己或是别人，都宛如新生。

半山
文集
BAN SHAN
WEN JI

爱情、男和女

AI QING NAN HE Nü

这世上只会有一个更好的自己才能拯救自己，人得到救赎绝不会是因为遇见了一个好的男人或是一个好的女人，而是遇见了一个更好的自己。

男人的成熟是开始认真，女人的成熟则是愿意再次开始认真。

男人在恋爱的时候总是害怕自己的欲望，在燃烧欲望的时候，又会可怜自己的爱情。

真正好的爱情关系所要实现的终极目的，是彼此都能从这段关系中去认识和成为自己，实现的反而是两个不同生命的完整和独立。我们要因为各自都能变得更优秀和更完整，所以才在一起。越是彼此都完整和独立，越容易做到纯粹无间的亲密。

李敖说：“成功的丈夫，钱多得妻子花不完，成功的妻子，就是找这样的人做丈夫。”我认为挺在理的，但是，一个女人，并不等于一定要做妻子，“妻子”这个词的意思，本来就是男人的老婆，老婆好不好，多由她的男人来评判。做人是一个人自己的事，但“丈夫”“妻子”这种角色，则是两个人的事。

爱情似乎是没有对错的，但是回忆过去在爱情时光中的自己，却有喜欢和不喜欢之分。惭愧的是，那些在爱情时光中的自己，多数都是现在的我不喜欢的，在这点上失败得很。

这么看来，爱情是种不可能因人的成熟而成熟的东西，在爱情面前，人人都幼稚得很。

两个人在一起，最差的状况就是彼此都因怨恨而生出戾气，其次就是彼此都感觉到在被对方所消耗。

最好的状况肯定是互相都能感受到关系的滋养，其次是一个人能滋养另一个人，但这个人被滋养的人并不会去消耗滋养他的那个人。

单身的人有时候不想再爱了，未必是怕受伤，是爱上别人的那个自己，连自己也感到不会再有什么新意了。人一旦很了解自己，就会厌倦以某种方式再次登场的自己，虽然会换上新装，但自己却认得，里面的一切都是陈旧的。若是不能更新自己，就别再说爱了，重复的故事，重复的结局，重复的伤痛，没开始就已经倦了。

对于恋爱中的女孩子来说，风险很大的事，是在他还没有喜欢上自己的时候，自己却喜欢上了他。于是有一天，他会成长为完全不同的另一个人，而自己喜欢的那个他已经不复存在了。其实，多数男人的成长皆是如此。

我们不仅仅是敢去爱，也包括知道自己凭什么值得别人来爱，明白了自己凭什么值得人爱，也就明白了该爱上怎样的人。

也许通过女人评价一个男人，一开始就是错的，既然男人在这件事上的表现都是一个样，就已经彻底失去了评判的价值和意义。况且，男人和女人既心知肚明，又有点身不由己，因此还能继续保持着几百年来的道德想象力，这无疑是人间一道最虚假的，同时又显得很盛大的风景。

爱的本质是让自己变得丰富，比在没有爱之前更丰富。

“分手”的真意，是其中一个人不再想要有另一个存在的这个“自己”，他想和这个不满意的自己分开，想改变的其实仍是自己。而不想分手的人，是不想与这个对现状满足的自己分开。好的关系，深层次昭示出来的本质，是需要各自对在这段关系里的自己都满意。否则，分手是迟早的事。所以，每一个人都应该自己去成就对自己的满意度，在恋爱关系上也应该尽量去认识那种对自己满意度较高的人，在一起的时候，应该彼此互相帮助以增加各自对自己的满意度，而不是去破坏这种满意度。

男人的欲望像一件自己设计好的衣服，适合穿上这件衣服的女人实在是太多了，欲望在的时候，谁穿上都显得靓丽，欲望若是不在了，谁穿着都难看。

不要拿回忆来当爱过的凭据，昨天的爱无需向自己证明什么，唯有对爱之经历的领悟，才能让爱重新溢满当下。

感情是由碎片化的时间堆积起来的整体，而爱情更像是由无数个高潮不断更迭的片刻组合的。因此，爱情是天生的冒险家，探寻的是种种可能性，而感情更像是天生的资本家，寻求的是一种确定性。

2021年，峨眉山七里村，金杯半山集团供

“爱情”是彼此都有强烈欲望的人；“亲近”是能让彼此都平静下来的人；“感情”是彼此都有需要的人；“陪伴”是彼此都同路的人；“婚姻”最好是彼此都可以同欢笑、同哭泣的人。

男人最该娶的，是最好的自己；女人最应该嫁的，还是最好的自己。

爱一个人的目的，是为了自我的完整和实现。持有这样的观点去爱的人，怎么也不会爱得支离破碎。

爱情有两种截然不同的回眸方式：一种是爱情的方式，还存有欲望，故有爱有恨还有怨；另一种是感情的方式，只有温暖。前一种仍持有偏见，后一种才是真相。

习惯性的依赖，事实上并不是依赖于某一个人，深层的原因是依赖于自己的某一个根深蒂固的观念。人类看似纷繁复杂的行为，不过是在消化各种观念和偏见的库存。

男人的软弱在于从来不愿在别人面前软弱；女人的坚强在于从来不愿在别人面前坚强。

人为什么拥抱了还要分开呢？为什么亲吻的嘴还要分离呢？为什么不能吻到天荒地老呢？也许是因为手要做事，嘴要吃饭，人除了爱情之外还要存在。

你可以一直守护着一个人，伴着她美丽的容颜渐渐地老去，然后对她说：“我更爱你现在的优雅！”；你也可以离开所有的人，从此不复相见，让她们在你心里、梦里永远是离别时的模样，永远不会老去。

人其实没有选择，用手能触摸的现实，与用大脑制造出来的影像，如果感受力够强大，带给自己的感受其实是一样的。心灵足够丰盈的人，更适合活在艺术的幻境之中，把自己感受到的美好，在自己的艺术内容里变成永恒。让一个曾经出现在自己生命里的人通过艺术变成永恒，像蒙娜丽莎一样，这确实是一件极致浪漫的事。

恨为爱代言，背叛为忠诚代言，一身的尘埃，正好为纯粹和天真代言。

女人似乎都有断开某种感情的力量，男人似乎并不具备这样的力量。

“我爱你”三个字之所以靠不住，是因为在时光里，“我”和“你”都是两种变量，变化的方向既不相同也不确定，中间的这个“爱”字才会变幻无穷。

别说青春不懂爱情，那时候的不懂其实是最好的懂，后来我们因“懂”而失去，因领悟再重新得到。

年轻时候的爱，是以感觉支撑起来的爱，感觉并不受人的控制，爱也就不受控制。成熟的爱是种信念，信念真实存在，爱就一直存在。

“他是一个很特别的人！”恋爱中的人都这样说；“你怎么就不能和别人一样呢！”婚姻中的人都这样说。

爱情的美好，在于爱情的对象让人觉得独一无二，无可替代。独一无二之感少一分，爱就少一分，无可替代之感缺一分，爱就缺一分。任何能带给人独一无二、无可替代之感觉的事情，都像是爱情。

男人通过女人，读懂的只是男人自己这本书；女人通过男人，最终读懂的却是男人这本书。

其实，所有的爱情都应该被理解为“暂时的爱情”，不过是“暂时的我”爱上了“暂时的你”，人人都活在变化的过程里面，“暂时”过后会怎么样，其实谁都左右不了。

年轻人别听到过来人说的“要好好爱自己……”，就对爱情有所保留，说这种话的都是已经经历了“拼尽全力爱过别人”的人，你若不同样去拼尽全力爱一个人，你不可能学会真正的爱自己。

男人的错误，“男人嘛”三个字就可以化解；女人的错误，“女人嘛”三个字也可以化解。作为人的错误，“是人都会犯错”同样可以化解。

男人在女人身上的梦想，永远也无法实现，所以这个梦想一直都在。女人在男人身上的梦，也同样如此。

2021年，于七里村酒店，半山供

男人与男人之间，不存在任何神秘，女人与女人之间也是如此，偏偏男女之间的神秘面纱，却永远也不会落下帷幕。

爱情，爱的是欲望的对象；感情，爱的是现实生活的对象。

人们的爱情那么可怜，就在于可以把上一次恋情的眼泪，保留到下次恋情的时候还在流。人是否可以在不同的恋爱对象那里，得到不一样的快乐，或是不一样的悲伤，似乎还行，快乐是重复的，其实悲伤也是。

人们执着于在艺术里寻找爱情，创作者执着于在爱情中寻找艺术。这其中的共同点不在爱情，而在于执着。

男人的成熟是客观地审视自己，征服的是自己；女人的成熟是种灵性，是种活在当下的圆润和美。

好女人不一定是帮助男人征服世界的人，也可以是让男人发现和回归生活的人。

爱情作为一种激情，终有一死，只是死法各不相同。人们毫不在意爱情一定会死这件事，纠缠的不过是到底死在谁的手里。

欲望如果不加在一个特定的对象上面，它就是空泛的，就不容易存在。如果爱情被视为崇高的欲望，那么，到底是欲望崇高，还是欲望的对象崇高，或者说是欲望的主人崇高？就像揣着明白装糊涂。我倒想与爱的对象一起卑鄙下流又浪漫崇高。

青春其实就是一场最美丽的荒芜，除了可以在生命中留下一场惊天动地的爱情之外，什么都留不下，什么也都带不走。

爱情里所谓伤害，多数只会发生在两个方面，一个是伤了一个人的自尊，另一个是因失去了某种习惯而来的心灵上的虚空感。只有极少数人可以伤害到另一个人的灵魂。

在爱情里面，恨这种东西比爱还要不容易给某一个人，在时过境迁之后，“恨过你”比“爱过你”也要更加动听些，分量也要重些。

人们说爱上一个人是一瞬间的事，其实不爱了也是一瞬间的事，心里什么东西咯噔一下，那种感觉就烟消云散了，你怎么去聚拢，也再整不出爱情的模样来。

爱恨分明就爱恨分明好了，不痛不痒也不会有什么错，只是不要互相遇上就行。

男人是长不大的，只会从黑头发孩子变成白头发孩子。

木心先生说：“爱原来是一场自我教育！”

人们一直在爱中寻找自己，童年时从父母那里得到爱，爱的样子就是家的样子，爱的教育就是家的教育；青春期时的爱可以是任何样子，那些日子，所谓的教育就是让自己失去样子；青年时把自己对于爱的理解带入婚姻，学到的爱是什么样子，婚姻也就是什么样子；人到中年拿爱教育孩子，也同时拿爱反省自己，好不容易才在爱中看清楚自己的样子，也知道自己该成为什么样子；人到老年返璞归真，最大的爱仍然是家的样子，是亲人的样子。

我说：“其实人的一生，不过是自我教育的一生。”

爱情的伤痕有两种，一种长在自尊心上，另一种会伤在灵魂上。自尊心上的伤口容易痊愈，而灵魂上的伤口不能愈合，因此，自尊心可以被伤很多次，而灵魂只能被伤到一次。自尊心的伤口会让人继续保持幼稚，而灵魂深处的伤口让人变得成熟。自尊心上的伤口，是自己给自己的伤害。灵魂上的伤口，才是一个人给对方真正的伤害。

男人很难爱一个对于自己来说，过分真实的女人，他爱的是自己在某个对象之上投射的那个女人，男人们的心里都有一个从没有存在过的女人。女人则相反，成熟的女人总是比男人爱得更为真实。

一个想要给人们解答爱情问题的人，首先应该告诉人们他怎么定义爱情。首先，爱与爱情是不是一回事。然后，爱情和感情是不是一回事。最后，爱情与婚姻是不是一回事。也最好能告诉别人，自己的专业究竟擅长那个领域。是爱情专家，还是感情专家，还是婚姻专家。在我看来，如果这三方面都擅长，实在是太博学了。

男人和女人忘不了初恋，更多的是忘不了在初恋之中的那个纯真、热情、懵懂的自己，后来的情感世界都太过于聪明了，我们其实更喜欢那时候笨笨的干净的自己。

2021年，七里村路人，四月供

大脑与心灵最大的区别，大脑讲逻辑，心灵却毫无逻辑可言。男人与女人之间之所以难以沟通，就是男人往往只拿大脑和下半身，与女人的心灵进行沟通。

这是一个连男人与女人都不是那么容易分清楚的时代，任何一件你当初很认真的事情，在日后都是可以一笑而过的。

男人奔结果而去，却喜欢谈感觉；女人最擅长感觉，却闭口于感觉，喜欢直接说冷暖。感觉本身是似是而非的东西，因此男人常常说一套，做另一套，每一套都可以将就；对于女人来说，冷就是冷，暖就是暖，女人通常都将就不了。

若想拥有优秀的下一代子女，没有阅读习惯的女人不娶，没有阅读习惯的男人不嫁。

什么才是与真正喜欢的人在一起呢？

不要只盯着对方看，得去看见自己，是否喜欢与这个人待在一起时的自己，自己是否自然、欢喜、温情、平静，并时常都会有所更新。

这注定会成为天长地久的喜欢，真正的喜欢，怎么会有自己还不够好、配不上的感觉呢，又怎么可能会遇见重复厌倦的自己呢？

没有这种喜欢作为基础，爱情不过只是一种说得天花乱坠，然后一起上床的东西。

男人会因为爱一个女人而疯狂地赚钱，也可以因为想逃开一个女人而疯狂地赚钱。

男人的成熟，往往是可以用感性征服理性；女性的成熟，则是可以用理性征服感性。

女人和男人无法互相理解，深层的原因在于男人永远也没有机会去体验做一个女人，女人也无法体会做一个男人。没有身心同样的体验，就没有互通的语境，谈互相理解，只能是美好的愿望而已。

半山 文集
BAN SHAN WEN JI

孤 独

GU DU

你所有的经历：读过的书，走对或是走错的弯路，路过或者留在你身边的人……都是为了帮助你认清自己的某种特质，并以这种特质去成就自己。

人最大的一悟，是知道自己现在是怎样的一个人，应该成为一个怎样的人。

除去等待一个更好的自己以外，生活，并没有什么值得等待。

孤独就是，不断有人离开，没有人可以回来。

孤独可以把人还原到一无所有，也同时能把人还原到最完整的自我拥有。

一个人在彻底了解自己以后，这时候的反叛才是有意义的，往往意味着与人性卑劣部分的彻底决裂。

原来，自己这件东西，是不需要有其他人来理解的，越是自己就越无人可解，自己生命的好坏与别人理不理解毫无干系。

孤独是一种更为深度的自由，向外，既无所求，也无所依。但一个人若是没有几根硬骨头，恐怕支撑不起这种自由。

一个人若是学会了自己陪伴自己，便学会了人生最重要的一项生活技能。

都说安全感只有自己才能给自己，这里面应该包括有三层意思：第一是自己可以养活自己；第二是自己可以面对自己的孤独；第三是自己可以给自己带来快乐。

2020年，峨眉山远景，金杯半山集团供

一个人独处时有孤独之感，足以证明你还没有爱上自己。

人想要寻找自我，最先遇见的就是孤独。

人生到最后也不得不承认，这一生所有的一切，其实都是经过自己同意的。

来人间走一趟，除了自己的感受，什么都不会属于你。

不依赖时间，也不依赖任何人，一个人敢于依赖孤独，以孤独再创造孤独，这会让人拥抱到一个完整、真实的世界。

人总是会演一个自己给别人看，从以为别人都在看，到发现别人似看非看，再意识到别人看与不看其实都无所谓。只此一种认知过程，也得花掉二三十年的岁月，才知道收拾起所有的演技，安心做自己眼里的自己。这似乎是每个人都会经历的命运！

要想尽一切办法去理解长在自己身体里的这个人。

任何热闹对于人都是一种消耗，人在热闹之后会感到累和虚空。任何宁静对于人都是一种滋养，内心或多或少都可以长出点什么来。

“通透”二字，从来都不指看世界、看别人、看事情；而是指看自己，最难的还是把自己看透。

一个可独自生活，能面对孤单的人，与一个没有这种生活经历的人，对于爱的定义是不太一样的。前一种人会把爱定义为给予和分享，因此也可以不需要给，也可以不需要与人分享。后一种人容易把爱定义为需要和依赖，没了爱就不行。

真正高尚的情操都是通过独处而获得的，个体身上最优秀的特质，无法从群体的社交里获得。

一个人独处的时候能得到的快乐越多，意味着他在社交中能得到的快乐就越少，甚至完全没有快乐。

一颗心其实是容不下两个心灵的，两个丰满的心灵，只能安于各自的身体，偶尔互相眨眨眼。

人终身只能和内在的自己在一起，并且只能向这个真实的内在，索求自己想要的一切。

人是自己的责难者、禁锢者、蔑视者、堕落者、毁灭者。人又是自己的赞美者、解放者、珍惜者、升华者、重生者。

失去一个人痛苦的感觉，深究下去，不过是失去了和这个人在一起时某种状态的自己。人可以通过去认识那种状态的自己的方式，找回那样子的自己。

独处，是让心腾出足够的位置，自己把自己捉回来，放回心里旁观。

无论身处怎样的风景，人也只能在自己的内心语言里旅行。

真正能看见自己灵魂的人，就会发现根本无须再有另一个灵魂，来加以补充和匹配。

没有人可以对自己负责，彻底领悟这条真理，往往需要历经半生，真正做到自己对自己负责，则需要一生。

心灵最好的状态是空旷，像夜晚的晴空，虽有繁星却不会拥挤，有流星瞬间的划痕，有喜悦有忧伤，有诞生有毁灭，有空旷而无空荡，有永恒的秩序。

与其找一个人陪你聊天，不如找一个人陪你沉默。

成熟或许意味着一个人追寻的目标会越来越少，奋斗的方式会越来越简单，为之付出的代价也心知肚明。成熟或许意味着愿意放弃的东西会越来越多，不再在意的人和事会越来越多。成熟或许就是心里长出些清晰的脉络，人知道该往哪儿输血和供养，也知道给足了养分后，会长成什么模样。

人成熟之后，最节俭的，不是金钱，而是情感。

每天的日常生活，可以告诉我，绝大多数人在做什么。艺术可以告诉我，极少数人在做什么。唯有艺术可以让一个人，成为少数人。

向往一场旅行，常常是一种在现实生活中败北的内心表象，人无法从当下生活和工作中找到乐趣，急需从牢笼中找到一个出口。旅行归来，牢笼依旧是牢笼。受困的，从来不是身体而是心灵。

我能感受到自己沉默的时候，应该是有话需要说。我连沉默都感觉不到的时候，应该才是无话可说。

找到自己，再去找所谓自己的信仰。否则，连自己都还没有找到，凭什么说这是自己的信仰。

人一旦学会敬畏自己，就会发现“超越自己”这样的说法是欠妥的。要明白，人生在认识自己和发现自己的路上，都是没有止境的，要说出一句“这就是真正的自己了”，不知道要脱去多少层皮。

一个人独坐，感觉到自己很热爱这个世界，身心像是一棵正开满了繁花的树，还一片花瓣都不曾坠落，这种感觉可真好。一个能开花的人，该有多么年轻！

陪伴，只是在阅读孤独这本书时，所翻到的插画而已。

反省必须省于源头，把自己所有的人生观念沿着自己的人生脉络审视到源头，找到本真的自己，这才是真正的悟，能在源头上彻底地去伪存真，就是大彻大悟。

失去个性便是平庸，平庸只是对生命的背叛，而讨好，却是对生命的亵渎。大自然里，没有任何一个生命，会去故意讨好另一个生命，狗摇尾巴是真心诚意的，有些人失去了尾巴，却恨不得找回来。

孤独，就是失去了与别人一起去做点什么的欲望。

2021年，峨眉山七里岼，金杯半山集团供

人必须要真正改变过自己，才知道改变究竟是怎样发生的，才知道怎样可以延续这样的改变。

时间既是消耗性的，同时也是积累性的，身体是消耗性的，时间的累积物投影和折叠在人的心灵之上。人生真正值得去品味的，唯有每一个人自己的心灵，以及人类心灵释放出来的艺术和情感。

一个人并不需要有另一个人，才能让自己变得完整，而对于人生持有这种认知的，却是少数人。

人活一辈子只能跟随自己的内心，人与人其实很难讲谁会真正“影响”到谁，唯有心灵是互通的，心灵会被另一个心灵所触动，人只能用被触碰的心灵，自己去影响自己，领悟自己，回归自己。

一个人承认了自己痛苦，就会有快乐出现。一个人承认了自己的平凡，就会有超脱出现。一个人承认了自己的愚蠢，就会有智慧出现。

这个世界上绝大多数的风景，只适合跟自己的心去私奔。

人都会朝着自己走去，不用人教，也不用文化和知识去引领，也不用多大一个理想。有自我意识的人走得快些，无这种意识的人走得慢些，兜兜转转的距离会远些，每一个人的人生都只有一个目的地：走向自己。

人可以观照自己，随时随地静观。人也可以创造自己，随时随地更新。人还可以欣赏自己，随时随地欣赏。

现在才知道，一路走来的风尘是拍不掉的，人得像蚌一样，把砂粒变成珍珠。

丰富的内心语言并不是复杂的内心语言。丰富的内心语言像是一座立交桥，旨在疏通，让内心的力量迅速去该去的地方。复杂的内心语言像是一个交通转盘，冲突，纠缠，滞留，堵塞。

人怎么可能去负担另一个人的心事呢，不过是这个人是自己的心事罢了。

人到一定岁数，自己就得是那个屋檐，再也无法另找地方躲雨了。

人只有从自己内心深处感觉到某件事物的庸俗，庸俗才真正存在。

人生在世，遇上事或是遇见自己，终归还是人说了算，事胜于人叫遇事，人胜过事叫遇人。人无法同事商量，人只能与自己商量。

对于一个喜欢孤独的人来说，孤独是不够用的，暗和光都是不够用的，平静也是远远不够用的，孤独以大量地消耗孤独，消耗光明、黑暗、平静为荣。

年轻的时候，不让自己去历经繁华，你就亏欠了自己。年纪大了不让自己恢复到简单，你就可能亏欠生命。人生从纯粹、天真，走向虚伪、复杂，再到返璞归真，人人都走在这条路上，没有比这更像命运的命运。

灵性就是生命最深层次的愉悦，可以概括为一个人独自做某件事情所抵达的快乐。比如：读书、饮茶、散步、爬山、静坐、赏月、观云……灵性是万物的境界，其实就是无人，连自己也没有。

在人群中时，人会因为戴上面具而倍感孤独。

一个人若能稍微探寻一下自己的内心，就可以发现隐藏在暗处的、自己私人的道德标准，没有人不拥有这样的双重标准，明白这一点，就不会轻易地拿“道德”两个字去送给别人。

孤独，是不能允许自己与别人一样；骄傲，是不能容忍别人和自己一样。前一种走向冷清，后一种走往热闹；前一种觉得自己可耻，后一种认为这个世界可耻。

从很多的再见到很多的再也不见，孤独始终是最美妙的风景。

2021年，峨眉山七里村，隔壁老谭摄

对于人是一个完整独立的个体这件事，人生得从成年开始，再拿出二十至三十年的时间，才能够真正地产生体会和认知，往往是从一系列惨痛的过往之中，捞出一个破碎不堪的自己，慢慢地修复，才能开始从孤独中受益。

人只要真正孤独过，就会发现什么才是人生最美好的时光。不要品尝点孤单，就发出“孤独”的呻吟。

喜欢孤独的人，喜欢的是孤独的创造力，喜欢的是通过创作了一点什么，因此而创造出了全新的自己。

再美的身体，再纯的心灵，都不要赤裸着去见人，赤裸只能给予自己，只会吓跑他人。不过，人每穿上一件衣服，就穿上了一份孤独。

孤独在初期，里面的内容往往是人内心的阴暗面，人不能一直想着给它穿上一个马甲拿出去给别人看，只能把它点燃了，用来温暖自己。孤独必须完成由暗到明的转换，能够点燃的火种是个性中的敏感，真正能够燃烧的材料，是因孤独而沉淀下来的智慧，只有燃烧起来才能照亮生命更本真的东西，一个真实的生命，往往可以在燃烧的灰烬处，开出点什么花花来。

也许一万个人，就有一万种孤独，孤独是不能流通的，人无法拿它来与别人交换，别人也不能帮自己分担，孤独之人彼此的懂得，也不过是孤独的形状而非内容。

孤独是一个孩子，人不喂养他，他是长不大的。养他的方式很简单，发现他，然后与他不断地对话，终有一天他会长成一棵参天大树，连自己也无法逾越。

越是沉默的时光，越是成就一个人，沉默加上孤独，可以成就所有曾经浮夸过的人。

一个人如果经常有孤独感，这绝不是在提醒自己需要有另一个人来理解和陪伴，而是在提醒自己：生命提供给自己的天赋和能力，还没有被自己转化和释放出来。

记住，平庸之辈是不会有孤独感的，他们只会有孤单感、厌倦感和无聊感。

所谓自由，首当其冲就是自然，大自然里没有一棵树、一株草是一模一样的，每一个生命都自我成长，因此所谓自然，本质上意味着独一无二。独一无二就是孤独，世上没有刻意的孤独，孤独是生命自然而然的造化，所谓自由，仍旧是视孤独为自然而然。人越是自然，越是孤独。自然是对孤独的一种彻底的成就。在这样的成就之下，就是真正的自由。

最快乐和最痛苦的地方，都是语言和文字最贫瘠的地方。这些地方太过富饶了，唯沉默和孤独可以与之绝配。

真正孤独的人从来不提起孤独，真正修行的人根本不认为自己在修行。就像人根本不需要每天提醒自己要吃喝拉撒睡一样。能征服人类的，是习惯。

在恋爱和婚姻方面，不存在有那种绝对意义上的“遇见了对的人”，但确实存在着能促进你成长的人，或是让你变得更差劲的人。

也许作家、哲人们都过于夸大独处、孤独的美好或是好处了，我仍愿意相信，世间也有不喜欢孤独、独处的人，恰好也能遇见同样的人，两个人互相依赖着快快乐乐地过完了一生。生命本应该是多样性的，人的存在应该符合这样的多样性。

世上好多极致美好的事物都是给一个人单独准备的，想要品尝到，必须得有一颗专注的、敞开的、毫无顾忌和戒备的心灵。这往往是在一个人独处时才能做到，算是对孤独者最高的奖赏。

孤独感是种对环境封闭的状态，心灵若是打开，即使孤独还在，孤独感却消失了。

孤独有一种至高的境界，就是所有人都认为他是孤独的，唯有他自己不感到孤独。

孤独与时光无关，只与生命如何绽放相关，生命越是得到完美的彰显，人越是得到极致的孤独。

独处，人与自己的关系到底怎么样，便得以最真实地呈现。独处的时间越长，关系的好坏表现越是真实。说爱自己的人，若一独处就感到不适和孤独，感受到无聊和寂寞，根本无法从中获得快乐，这样的人哪门子的爱自己了……真相不过是还在一味地向外索求，需要通过别人来爱自己才能感受到自己的存在罢了。

人在最高处或是最低谷，都将无人陪伴。

人总是爱投射在别人身上的自己，胜过爱自己身体里的自己。

2020年，七里村森林禅道，金杯半山集团供

任何时候都不要把“理解”这个词，理解成去理解他人，去理解这个世界，而要理解正在理解这个世界的自己。

孤独，是一个人爱自己、爱生命最好的实践。

一个人独处，内心又不出现无聊、寂寞、孤独这类的感受，那么就一定会出现平静和丰富的感受。两个人在一起，如果有平静和丰富的感受，这就是最好的彼此相爱的感受。一群人在一起，不太可能都出现平静和丰富的感受，总是会有人感觉到无聊、寂寞或是孤独。平静里的丰富，什么都有，什么都不缺，是人生最好的享受。

从心里流出去的东西，无论怎样蜿蜒曲折，都会流回到心里，这是爱的原理，也是爱的定义。

其实认真想想，如果只是在某个时刻，某种情绪下，才会非常向往爱的温存，而自己多数时候都很享受一个人的孤独，就不要去辜负别人了。

年轻的时候，没有人能够抵达可以撑起孤独的精神世界，这时候我们都需要爱情，需要友情，需要社交的热闹，需要向外的索求……需要各种事后看起来的错误，这些其实都是再正常不过的事。

2021年，七里村小亭，四月摄

人生如花开，有人一生都在绽放，在阅读时，在听音乐时，在旅行时，在做喜欢的事业之时，在恋爱时，在享受亲情时，甚至在哭泣时，生命由此而美好，而有的人，也许一辈子也没有绽放过，即便遇见，也只是一瞬的路过，完全的苍白……

时间冷酷无情，既不能安抚人，也不可能治愈人。像人体的新陈代谢一样，能让人重拾信心的，能让人心灵得到痊愈的，是持续不断地进行着更新的内心世界。

要真正爱自己就免不了会爱上孤独，这个世界给人准备的那些极好的东西，多数都只存在于孤独里。

孤独，是通往自己的唯一道路。神奇的是，孤独终会被自己证明为：这是最宽阔的一条人生道路。

现在的人只要手机在手里，便不再无聊、寂寞、孤独了，这其实代表着人与岁月的关系，已呈现出极端的病态。

人活一辈子，得跟随自己的心智，人与人其实很难讲谁会真正影响到谁，心灵是互通的，心灵会被心灵所触动。人只能用被触碰的心灵，自己去影响自己，去领悟自己，回归自己。

半山
文集
BAN SHAN
WEN JI

痛苦还是快乐

TONG KU HAI SHI KUAI LE

世上最累人的事情，当数无聊。什么都不做，什么都不想，但就是感觉到很辛苦很累。

一个人怎样出场，远远没有他怎样谢幕更重要。

少收藏阴影，多收集阳光。

保持那些莫名其妙的热情，便要承受一些莫名其妙的冷清。

人到中年，若是身上没有优雅的样子，就免不了有肤浅的样子；没有从容的样子，就免不了有绝望的样子。

人们苦苦寻找的，其实可以概括为两个字：相信。人生最难找到的就是相信，人相信什么，才能安于什么，什么都不信，人才会焦虑。

习惯可以给予一个人最大的自由，也可以给予一个人最大的束缚。这不仅取决于是什么样的习惯，也取决于习惯里有什么样的内容。

2020年，峨眉山七里坪，金杯半山集团供

既能看见自己内在的阳光，也能看见自己内在的阴影，还能让它们和谐共处，这就是心理健康。

能慢慢找到自己在这个世界的位置，确实是一件很幸福的事。

年轻时以文字记录下来的痛，那是真的好痛。中年以后以文字记录的痛已经没那么痛了，千万别理解为这是淡了或是麻木了。年轻人痛的是自己，而中年人痛的是事情的缘由，痛的往往是万人之痛。

人来到这个世界谋生，却因谋生而失去身心的健康，这恐怕是人世间最大的荒谬了。

人类所谓的痛苦，概括起来不过是：要么觉得自己刷不到存在感，要么发现自己刷错了存在感。

心有可能是，你必须忘了一些，才可以再装进一些。当心里有了新事物之时，你肯定已经遗忘了一些，因为遗忘是不知不觉地发生的。似乎敏感的人，心的容量也要比平常人大些，能装下的苦与乐也要多些。

在没有足够的人生智慧之前，人要尽量少去翻动自己心灵里面的垃圾，这不仅容易恶心到自己，也难免恶心到别人。

人生只有两个版本，一个向外索取的版本，另一个向自己索求的版本，一个热闹而痛苦，另一个平静而快乐。

做人一定要有所追求。对眼前保持肯定态度的追求，才称为有效果的追求，也是种在快乐中的追求。否定当下，是种痛苦的追求，痛苦中的追求往往无果。做人先接受现实，才能有所追求。

负面情绪，是一切疾病的温床。对任何一种疾病溯源，都可以对应到某一种习惯性的负面情绪。

人自己带给自己的快乐越来越多了，就是在变得更好；越来越需要别人来带给自己快乐，就是正在变得更差。

人类生活一代又一代地传承下去，往细节上去看，似乎两代人之间的生活差异挺大的，可往大了去看，生命中同样的痛苦和迷茫，却在一代又一代人身上复制和重演，人类智慧的局限性也表现于此，这更像是一个物种逃不开的命运。

人自律的最好状态，是无须让其他人来带给自己快乐。

真实的日子，莫过于有忧有虑仍在享受着这个世界。

经济拮据或是宽裕并不是影响人们生活幸福与否的直接因素，再怎么宽裕的生活带来的也只是边际需求的满足，衣服款式多一点，车子大一点，房子宽一点，菜品多一点，旅行的目的地远一点……事实上，每一种“多一点”只带来短暂的欢愉，人类升起一堆物质生活繁华丰富的火，把自己放在火堆上烧烤，直到烤煳为止。

2020年，峨眉山七里坪，金杯半山集团供

城市容易照见一个扭曲的自己，大自然容易让人看见本来的自己。如果觉得自己彷徨、焦虑而太难受，就该去往大自然里，让与大自然共鸣的本心，帮自己做出某种决定。

如果人能够意识到快乐都是用痛苦换来的，那么对痛苦自然会宽容一些，对快乐也会更加珍惜一些。

对于喜欢预设情节的人来说，失望也就成了家常便饭，只是“浪漫”往往是骨子里的东西，沉浸于自我感动中的人，或幸福或痛苦都是自然！

这个时代要比谁更幸福，就来比比谁可以：躺即睡去，醒即起来。什么假寐假醒、独睡独醒、睡不着起不来都少来，修行，先修睡眠。

要获得长久的幸福，就应该把幸福的源头收紧收窄，专注于一个源头的细节，让其成为涓涓细流。

有些时候，我是很满足的。不过人生太长，满足的时间都很短。多数时候，我是失落的。不过人生太长，每一个失落都太短。满足和失落都喂不饱的人生啊！

有些痛苦的眼底总是透着卑劣，有些悲伤的眼底，智慧却一览无遗。

财富之富，你一知足就是富，不知足永远都是贫穷。精神之富，似乎并没有知足者常乐一说，你有多少就是多少，想绷也绷不住，一旦知足就沦为赤贫。

觉醒，醒来的不过就是生命的快乐，觉察到的也不过只是怎样享受快乐的人生脉络。醒人生之感，觉生命之情。

一件事情，唯有快乐或是痛苦开始显现的时候，人才能去触碰这件事情真正的意义。

一个人的幸福，往往源于他最具个性的、最与人不同的、最私密的个人追求，得到满足，或是得到一定程度的满足。

“这些年什么都没变，就年龄变了”。这句话有人觉得幸福，就会有人觉得悲哀。

终于明白，悲伤与痛苦并不是一回事，看不清楚的才痛苦，看透的才悲伤，悲伤之人往往是强大的，痛苦却让人脆弱。

一个内在丰富的人，就是在和别人一样看同一件事物的时候，他可以看见更多的东西，获得更多的愉悦和感受。

人生的意义，人生的幸福，取决于一个人是否去做了内在的那个自己，这其实是一个没有任何限制的自己，投入一分即可收获一分的自己，可以一直成长和更新的自己，一个可以凝聚天地之灵气、万物之化育的自己。

一个拥有日常生活之乐趣的人，肯定是一个人每天都懂得更新自己的人，与这样的人一起生活，想想也是其乐无穷。

现在才知道，确定一个方向，比定下一个目标，要重要得多。关键在于，方向让人快乐，目标往往让人痛苦。

内心丰富的人，才可以过好简单且平凡的日子，这种丰富指的是一个人对平淡生活的再创造力，让死气沉沉的生活，因心灵的创造而恢复生机。上街买一趟菜，也能买出点生活之美的情趣来。

人对自己的评价是正面的，做任何事情，与任何人打交道，人都会是快乐的。人对自己的评价为负，所触碰到的世界，每一个地方都是痛的。人生的快乐与痛苦，不过就是这样自己给予自己的。

一个人拥有丰富的内心，吃饱穿暖，简单真实，剩下的一切，幸福快乐都向自己的内心去索求，并且都可以得到。还有比这个更幸运的人生吗？“活在自己的世界里”之所以被当作贬义，不过是因为内在的贫乏，根本撑不起一个这样的世界。

2020年，七里峄雪夜，金杯半山集团供

敏感细腻的人，虽然要活得痛一些，累一些，但也一定会深刻一些，感受也更丰富一些。人生是一场华丽的蜕变，生命既然免不了痛苦，不如把痛苦镂刻得再深入一点，把感觉攒得更丰盛一点，不主动去作茧自缚，就不会有蜕变的那一刻，不会有领悟的那一天。

要敬佩那些没有钱也可以把日子过得很快乐很幸福的人，你辛辛苦苦没日没夜地挣钱，买了房买了车，仍然缺少快乐，这无疑就是某一种能力的缺乏，或者叫缺少了让自己幸福的智慧。别人没那么辛苦，根本不及你有钱，却能获得你想得而得不到的幸福，就凭这点，你就该要敬畏。

忧伤是人读懂大自然和生命之美的一个重要元素，是人类审美的一个重要的视角。没有忧伤的美，是不完整的美，容易匮乏于热闹和浅薄。

痛苦一旦有了痛的脉络，沿着脉络去发现，任何痛苦都可以显现意义。

理解了自己的痛苦之后，才可以明白每一个人都是这样走过来的。理解了每个人都有的痛苦之后，才发现自己对于自己的安慰，是最有效果的。

人生的痛苦往往是因为发生了冲突，人并不会经常与现实世界以及别人直接发生冲突，常常只是人在触碰到现实世界之后，投射出来的各种“自我”在相互冲突。所以，一切痛苦都可称之为：内在的冲突。

人们都害怕一件事情给予自己需要“坚持”的感觉。人们都喜欢一件事情给予自己“不干就不爽”的感觉。

人们很是擅长憧憬生活、设计生活、回忆生活、等待生活、谈论生活，却并不擅长享受现在的生活。

欲望不会让人产生任何痛苦，让人痛苦的，是欲望遇上了欲望的对象，准确地说，只有欲望的对象，让会让人痛苦。

拥有幸福感的人，始终可以让自己的人生，活在收获的感觉里。不幸的人不过是活在不断付出的感觉里。最不幸的人，是活在感到自己很懒惰、又对自己无可奈何的感觉里。

我害怕痛苦，不过后来想想，即使痛苦也改变不了什么。我寻找快乐，不过后来想想，好像快乐也改变不了什么。

人生的痛苦，不是对与错，是真与假，不仅是想分清别人的真与假，还想搞清楚自己的真与假。最痛的，是明明知道自己是假的，却要当作真去演绎；明明知道自己是真的，却被人当作是假去对待。

也许有一天，人会明白，所有的痛苦和快乐，都与自己的个性相关，是外面的世界作用于自己个性的结果。为什么我们常常会重复着同一种快乐，也重复经历着同一类痛苦，不过是个性帮助我们在选择快乐的同时，也顺带着选择了属于我们个性的痛苦罢了。

2021年，俯瞰七里峄，金杯半山集团供

人一旦熬到对痛苦没那么敏感了，心不是变得坚硬了，而是更加柔软和敞开了，只是对于不在意的事情不再有感，怎么进来，便怎么出去……

幸福的前提是人可以安于某种状态，又对这个状态保持着内心的敏感。人们安于某种状态容易，保持敏感却不易，人们并不擅长对于日常不变的事物保持住敏感，因此，幸福常常来源于求新求变，人们自己选择了一种最辛苦、最短暂的幸福方式。若是人们可以安于某种状态，又能对这种状态保持长期的敏感，那么长时间的幸福就会到来。

忧伤之所以难以释怀，就在于其毫不作为，没有任何的行动力。想要解除忧伤最好的办法，就是拿忧伤去做点什么，比如拿着忧伤去唱一首歌，购一次物，来一趟旅行，或是写一段文字。

拿幸福去评判他人，似乎不可思议，却又常常发生，打心里讲，幸福应该是这个世上最秘密的事情。

最初对于岁月的忧伤，是对时间里失去的人和事的忧伤，人过中年，会对岁月本身感到忧伤。

不管拥有怎样复杂的剧情，每一个故事的结局都是极其简单的，唯有简单才最由不得人。

苦是一种滋味，甜也是。人生根本就没有“尝过苦方知什么是甜”这回事儿……苦是尝出来的，甜也是尝出来的。不要听别人说，关键是品百味而尝到味道。

每一个人最真实的部分，就是个性，个性就是趣味，这个世界所有的趣味，都源于自己个性的趣味。人一旦领悟了个性的趣味，就可以去领悟世上所谓的高级趣味。

人生之乐，唯有自得其乐才是最靠谱的，不过很多人都已经遗忘了有此一乐。读书算是标准的自得其乐。

人生想要快乐其实也不是那么的难，第一是少放一些人和事物到心里面来；第二是对放进心里的人和事物尽可能地做到专注和深入。第一个是快乐的前提，第二个是快乐的方法。

其实人如果能用欣赏的眼光，看待周遭多数的人和事物，又能不盲目地崇拜，安安心心地做一个欣赏者，自然也就能成为一个快乐的人了。

越是单调乏味的生活，越是需要有所创造，谁能专注在生活的细节之处，谁就能给自己创造点特别的纯美的时光。

大脑对什么事处心积虑的时候，正是人在渐渐失去自我的时候，也意味着一段痛苦的旅程正在往深处走。

去拥抱一个人与被人拥抱，感受是完全不同的。同理，主动去拥抱痛苦与被痛苦所环绕，完全是两回事，你敢抱它在怀里，它就会听你的。

目标给人快乐？似乎不对。其实，有目标却不求一定要抵达或是占有，才是真正的快乐，每天只要看看目标还在哪儿，就特别心安。

既然是烦恼，它就是非理性的，因而也不是理性就可以消除。烦恼不是昨天的就是明天的，当下才是烦恼的敌人，人一活在当下，烦恼顿消。

幸福取决于人看见了什么，而不是得到了什么。人在看见爱和风景的时候最幸福。

人自己快乐不快乐，幸不幸福，是任何人想尽一切办法也欺骗不了自己的。

其实，人类世界的发展和运行，拿此一条做真理就足够用了。

那时候的悲伤，皆是因为不理解而带来的悲伤；现在的悲伤，全是因为理解而来的悲伤。

生命就是拿来盛满快乐和悲伤的，搅拌均匀之后不应该是淡泊，而是浓郁。

舍可以得到的东西，执也一样可以。坚持可以得到的东西，放弃也一样可以。道理因人而异，因前提条件而异，无须太多的证明。

心灵的痛苦其实不要找别人来分担，可以找一本书来分担，找一首音乐来分担，去做某种自己喜欢的事情来分担。越是心承担不了的痛苦，越是可以让身体的行动来帮着分担。

有趣的故事都关乎于旅行，情浓之处却不是怎样离开，而是走了很远的路之后，怎样慢慢地归来。

但凡能够在孤独中探寻到幸福感的人，恰恰是对爱还怀有满腔热情的人，在所有的伤痛和苦难面前，他们懂得用希望做最后的自我拯救。

什么是灵性？灵性就是一个人感受幸福和美好的能力，一个人越是灵性，感受到的幸福和美好就越是丰富。那些迷信的东西，与真正的灵性没有任何关系。

中年人的痛，是一言不发的痛，是生命本身的痛，不再痛在岁月的皱褶里，故连时光也无法治愈。